からだとはなす、ことばとおどる

石田千

白水社

からだとはなす、ことばとおどる

目次

ふれる

目がさめて、みぞおちにあぶくがのっかっている。

落とさぬよう、つぶさぬよう、そろそろり立つ。五寒六温ほどのこのごろ、朝五時の窓はすこし明るい。ゆっくり遠ざかる藍いろの夜を見送る。

笑い話ばかり書いているくせに、顔も洗わず机にむかうときは、弔いにむかうような重い闇が包むのでこわい。やりたくない。それでも、続けていけることは、ほかになにもない。

こころと記憶は、とてもはなれているので、ことばとほんとうのことは、もっと遠いところにあるので、もぐるように息をとめている。字をならべるほど、ああでもないともがくほど、きのうのあぶくは鮮度をうしない、白濁し、沈黙してしまう。しぼむか、はぜるか、くさるか。そうして窓がまぶしくなったところであきらめて、けさをむかえ入れる。水をくんで、祖父母の写真のまえに置き、顔も洗わぬまざっこのまま、手をあわせる。

あたりまえに失われる毎日をひきとめたいと書くことは、だいそれた望みと思う。ことばは、いつまでもこころと抱きあうことはないのだから、むなしいと思ったらすべてとまる。それでも、できるかぎり近づきたくて、それよりほかはあとまわしにしていい。なぜかはわからない。

そうしたいから、そうする。

　こころとことばがおなじ場に立つのは、むしろ机にむかっていないときで、ぶらぶら公園にいって、頼りにしている桂の木にしがみついたり、やわらかなハートの葉に指をくぐらせたり。

　あるいは、友だちが丹精してくれた青菜の根をつかみ、水に沈ませたり、届いたばかりのみかんの、ほのぼのとした光をかざして香りを吸いこんでみたりの、楽しみ、悦びにほうけていると、あのひとにいいたかったことは、こういうことに近かった、ああいうふうにいえばよかったと思いあたる。もしくは、かばいながら生きてきたはずの傷が、もうしみていなかった。いつかの、いつのまにかの結果が、頭ではない水路から流れてくる。

　心身とことば、それぞれに時差ができていて、日常のほとんどの場面でいかされていない。ひとりぶんの人体も、都心の交差点のように、同時にたくさん、ほうぼうに行きかう。友だちにも、家族にも、病むひと、恋しいひとにさえ、やさしいことばをかけられない。機をのがし、もぐもぐ空気をのみこむ。願うことの半分も、声やおこないにかなえない。

　そんなあほうには、肌に触れた記憶など、星の暦にちかい幸運だったんだ。

最近になって、気がついた。

たとえば、風邪をひいてお医者にいく。ちかくに頼れる診療所があり、とてもありがたい。父とおないどしの老先生に、どうしましたかときかれる。三十八度の熱があって、関節がきしむ。のどがいたい。ひとつずつならべるほど、のどと咳のあいだ、声と息の境、骨すじのすきまと時差に、伝えたりない傷みが脈打ち、ことばがとまる。

ひとつずつ文字にした先生は、背なかをむけてとおっしゃる。聴診器をあて、息を吐いて吸って、肩甲骨のあたりをかるくたたいて、響きに耳をすませてくれる。

風邪のたび、先生には背のほくろが見えているはず。

すると、日ごろ気にしない、ちいさな点が主張をはじめる。それも、服を着てしまえば、やんで、忘れる。処方箋を書いていただいて、薬をもらって帰るころには、手足もあたたかく軽くなって、一週間ぶんの薬は、たいてい飲みきらずにおさまる。薬よりも、わからないことを託したり、だれかに見えて、当人は生涯見ることのないものをさらしてしまう安堵に、ずっと効果がある。

氷枕に頭をのせ目をとじ、このこころのそばにいてくれるのは、むしろ他者。


悪寒をこらえて寝巻きになる。ふとんをかぶって、まるまり、咳をすると、ちょうどそのほくろのあたりで、げんと響く。うしろ手でさぐると、すこしでっぱっている。銭湯の鏡で見る。左の肩甲骨のした。薬がきいて、眠たい眠たい。若いころから、ひもじさより、徹夜に耐えられない。食べるより、眠りたい。

アイヌの物語では、亡くなったひとは、じぶんの遺体の眉間《みけん》にすわって、その場を見るという。もしもほんとうなら、だれかに屍《しかばね》をぐるんと転がしてほしいと頼んでおかなくてはいけない。見たことのないつむじとほくろに別れをつげ、煙になりたいなあ。うつらうつらと願う。

あるいは、美術館にいく。行きつもどりつ、立ちどまり、より目で近づくと、作り手の生涯は、勉強ともちがう、脳みそともちがうところにある壺に滴り、しまわれていく。仔細は壺からあふれても、体温とまなざし、くりかえしのせた筆と、残った息はしまわれる。壺は、ほのあたたかなひと肌になって、ひたひたと満ちる。幸せで、身を揺らす。

それなのに、たてものから一歩おもてに出て、きょうの風を吸ったとたん、壺はどこかにころがってしまい、声になるのは、よかったですねえ。またやった。がっかりする。

感じたものが身にしむまえに、声が先ばしっている。ことこまかにならべるほど、実像はかすむ。あわててちがうことを話す声は、とてもなさけない。とても高いちいさな穴にむかって、毬を投げているみたいで、地に落ちると弾みがついて、とんとんとん遠くにころがっていく。

からだとこころの双方を、ことばでとりもてたらいいのに、うまくいかない。二人三脚にたとえると、ことばは、からだと組めばころび、こころと組めばもつれる。ぎくしゃくと進まない。三者の脚を結べば、なおさらからまる。

とんとん、とん。

毬はころがり、ついにとまる。

けさも、好きな木のまえで体操をしてきた。

よりかかって体をねじる。虫食いや枯葉や、くもの糸をくっつけていても、木は、不平がないようにしている。鳥でも猫でも、野菜でもいいことと思う。いのちあるものがのびやかにあり、おなじように寿命を受け入れて生涯をまっとうするなか、科学と文明で飾った町では、はだかをみせて歩いてはいけないことになっている。

いろいろ備えたはだかで生まれてくるのに、どうして嘘やつたない飾りをつけたくてもがくのか、それを知恵として、もがくのが仕事なのだろうか。

また見あげて、木は黙ったまま。それから、手の指を一本ずつ、そらしてみた。

両手は、からだのなかでいちばん親しく、また正直に世のなかとつきあってきた。四十路も峠もすぎて、ひとみしりと逃げてばかりもいかず、社交の場ではえいやと腕をのばし、握手してみる。強く握り返してくれるひと、両手でそっと包んでくれたひと、つめたい汗、あたたかなしわ、かわいてうすれ、消えそうで消えない指紋、わずか二秒触れた手の雄弁に、おもわず顔をあげ、相手の目をのぞきこんだときもある。おなじだけ正直に伝えただろうかと気がかりになったこともある。

指の一本ずつにも得意があるらしく、このあいだ、ある本にからだごとさらわれていたとき、電話がきて、おどろいて身をすくめた。そのときはじめて、字をたどっていたのは薬指だったと気がついた。長年、必要にせまられ、注意ぶかくたどるときは、ひとさし指を使っているのは知っていた。

実家に猫がいたころ、ちいさなひたいを撫ぜるのは、やはり薬指がよろこばれた。力みが弱く、やさしく触れられるからかもしれない。猫はのどを鳴らし、ひとの薬指は、毛なみのうずしおと、ひとより高い体温を堪能する。たまらず、腹に顔をうずめ、ふんふん匂いをかぎ、陶然とする。本のなか、筆のあとに心身をまかせるときにも、そんな交歓にほうけていた。

無意識の動作をあつめ、鏡にもレントゲンにもうつらない臓器の気配をさがすようなもので、生涯対面することのないつむじや、ぼんのくぼより、これととらえることがむずかしい。それなのに、ひとにはあっさり見つけられる。

からだは、本人はもちろん、なにかだれかの助けになるような工夫がされている。たとえば手なら、洗うのに便利で、はだかの状態でまっさきに仕事にかかっていい。お医者さんのような仁術でなくとも、ちょっとは喜ばせるくらいはできる。いちばんその力を持っているのは赤ん坊で、やわらかい生まれたての手に触れると、たちまちすべてが満たされる。

子どものころ、この手に魔法があるかもしれないと悩んでいた。年を経るほど、好きなひとほどためらいがまざり、うまく使えなくなった。

幼稚園にいっしょに通っていた男の子は目がおおきくて、日にやけて、足が細かった。バンビみたいだった。年長組になると、毎日ふたりで、二十分ほど歩いて通った。

すこし風がわりな幼稚園だったので、一年めは連日泣いて、大問題児だった。

……これも、ちこちゃんが涙をこすったから、できちゃったんだよ。ひとつ、ふたつっつ。

おばあさんは、いっしょにお風呂に入るたび、右の甲と、左の手首のほくろを泣きぼくろといって撫ぜた。二年めになって、すこしなじんだものの、ならった先生は、幼な子から見ても気分にむらのある方だった。

機嫌の悪い日は、子どもたちは身をちぢめている。そのなかで、いっしょに通うバンビは、きゅうに叱られることがおおかった。おとなしくて、だまって目に涙をためていた。そういう不運がつづくうち、バンビは、それまでどおりに話すことができなくなった。

ふしぎなのは、歌うときはすんなり声が出る。それで、行き帰りは歌うことが多くなった。幼稚園で歌うときは、立つ。となりの席のお友だちと手をつなぐ。それで、歩きながらどちらともなく、このまえ覚えたのを歌ってみようと、あたりまえにつないで歌っていた。そのまま、手をつないだままおしゃべりをすると、バンビはつかえず話す。

テレビを見すぎていた子どもだったので、手をつなぐと魔法がかかって、大丈夫なんだわね。それで、工作のときや、手を洗う列にならんだとき、すかさずぎゅうと握っていやがられた。説明したら、魔法は消えると思いこんでいたので、いやがられるのは悲しかった。それでべそをかいて、わけもうち明けず、また叱られる。

けっきょく、魔法の手ごたえを覚えているのは、いちどきり。きげんの悪い先生にそろって立たされた。子鹿のバンビは、左きき。甲で涙をこするのに一生懸命だった。もういちど、ふたりで歌ってごらんなさい。先生がピアノを弾きはじめる。呪文はわからない。半袖から伸びる腕は長くて細くて日やけしていた。中指をぴんとのばして、右手をつかむ。ふたりとも、手のひらに汗をかいていた。

歌いはじめると、ピアノがとまった。

……どうして、あなたたちは、ちゃんとおくちをあけて歌えないの。

ガラスをひっかくように身をちぢませる声が降る。ぎゅうと握ってきた。

おどろいて横を見たのと同時に、おおきく吸う息を聞いた。

……かぜひいて、のどがいたいから、です。

さいしょ大声で、だんだんすぼまった。そして、また左手でまぶたをこすった。

そのあと、しだいにもとどおりに話せるようになった。いっしょに帰るお友だちも増え、歌うこともなくなって、つないだ手ははなれて、魔法のことも守り通した秘密もあっけなく忘れた。小学校はちがって、遊ぶこともなくなった。心配したお母さんと、病院に通っていたと、おとなになって母にきいた。いまなら、こんなにいえる。こんなにいえるから、魔法は消えた。進歩は退化。


いつだったか、雨の夜道を帰ったとき、傘から手をのばした。

手のひらをくぼませて受け、アパートまで歩くうち、ちいさな水たまりになっていた。こぼすのが惜しくて、頬にひたしてみた。雨はひと肌で、涙のようだった。頬にこぼれたやわらかさに、うっかりもらい泣きをしてしまったことがあった。

小学校にあがってからはひとまえで泣かなくなったから、あごがしっかりしてきた。

骨すじばった手には、泣きぼくろが残っているし、べそをかくたびに、ほっぺたをはさんで泣きやませてくれた、おおきな手のひら、涙をぬぐう親指の頼もしさを知っている。ずんと肩に手をのせ押したり、背をさすったり、うずをかいたり、ぜんぶの指で必死でつかんだり。思わず動く一瞬には、千万のことばもかなわない。おそらくそれで、触れ包んだあれこれを、文字にしたくてもがいている。

はるか異国に出かけなくても、ことばのいらないやりとりは、生涯手ざわり、体温となってしるされ、ひょっこりあらわれる。

もっとも親しく遠い町は、ふるさと。それとおなじに、大切なだれか、さらにこのひとりにむかう旅なら、はるばる一生がかりとなる。

けじめのある
クラス

わたる

この春は、ずいぶん長い。さびしい知らせがつづいて、町にも出ていない。ためこんでいた家事をのろのろすすめて、ひと月。ちいさい芽をつけた植木鉢を出そうと窓をあけたとき、雨の色がなつかしかった。つめたく降られている木々も電柱も、こころぼそい線で空気と触れあっている。土の匂いがまざる。卒業式のころの雨だった。

しろい息が、見なれたおもてにしみていく。すべてむかしとなったいのちの、最後のあいさつのようにのぼっていく。

輪郭も音もない。けれども、いわれたこと、話したこと、さんざん笑った声が耳のなかで、こんなにふたりきりのときもなかったのにというほど、きこえてくる。あのことだけは覚えていろよと託されているのか、引きとめたい握力が強すぎるのか。けれども、ながめる息は、雪よりはやくいなくなる。

ひと月ほど、つめたい球を抱えているようだった。

けさはその球に、ほのかに体温が伝わった気がした。電球のようにうすくて割れやすいのに、しぼんだり、ふくらんだりしながら、ぶらんぶらんとある。ときに放ったり強くはずませたりしながら、こんな球についていくのも、おとなになるということなのかもしれない。

春には、いつまでも不慣れ。若いころは、気分のおさめどころに迷い、いまでは足腰や血行が、冬にとりのこされている。つまり、心身ともにお手あげとなった。年をとれば、死さえひとの卒業とおさめられるようになるんだろうと思っていたけれど、とんでもなかった。ことし喜寿をむかえた母は、いまもって死はこわいといっていた。このさきだって、どんどん不慣れが増えていくらしいから、こわい。

ほんとうにこわがりで、ドッジボールは、逃げるまえにしゃがんでしまった。まるまって、背にぶつけられた。

奪うのも投げるのも、痛い思いをするのも、ひとにぶつけるのもいやだった。思い出すだけで、歯がにがくなる。

……目をつぶらない。こっちに投げて、もういちどいくよ。

担任の先生が、体育の時間、むかいあい、きいろいボールを投げてくださった。胸もとでボールを受けたとたん、肺から背に、振動がつらぬく。

けほんと咳がでた。飛びこんできた勢いは、冬ごもりを終えるきっかけになった。

かきわけるように坂をおりて来たバスが、踏切を越えていく。住んでいたあたりは、おとなの足でも二十分よりかかる。ここはかわった、かわらない。とうふ、和菓子、うなぎ、自転車、おそうざい、ほどよくならぶ商店街をのぼって、大通りを渡る。

大通り。そういいはるのは、小学生の子どもの声で、いまでは十八歩で渡りきった。けがをしてかつぎこまれた病院は、ちがう名まえになっている。四十年まえの左のかかとの縫い傷は、いまもケロイドに残っている。

しろいかかとの骨と、あかい肉を見たこと、ふりむくと、道にてんてんと血がついてきていたこと。お母さん、けがしちゃったみたいだよ。ひとごとのようにいったこと。

ほかはみんな忘れた。みぎより、触れる感覚が遠い。その鈍さが、そのころの痛みや不便も忘れさせてくれた。

そののちも、からだのうちそとあちこちに、刃あとが入っている。けれども、日常に違和感をおぼえるのは、かかとだけですんだ。医学の進歩と思う。そして五歳の目が、その後のいつよりも、その場をじっと見ていた。

死など思わずいたころにもどるには、いろいろ知りすぎ、目をつぶってしまう。画家が晩年に子どものような絵にたどりつくのも、あの冴えた目に憧れてのことかもしれない。

あのころは、からだが弱いということも知らなかった。折りあいのつけかたも、鍛えかた、かわしかたもわからなかった。はしゃぎすぎて寝こめば、なんでそんなに弱いのだとあきれられる。それをかさね、ずっと弱かったと知っていた。そしていまだに、丈夫がわからない。なんでみんなは、そんなに丈夫なんだろう。うらやましいと思えないほど、遠くにいる。

小学校を訪ねたのは土曜日で、やはり雨が降っていた。

三年間在校したことがあります、見学をさせていただけますか。校長先生に手紙を書くと、すぐにあたたかいお返事をいただいた。

中央分離帯の梅が満開だった。その植えこみを、通りすぎた子どもたちがいまもグリーンベルトと呼んでいて、うれしかった。春の花を見ていた背たけを思い出す。ランドセルが重たくて、七歳にして肩がこっていた。

住んでいた社宅の土地は分割され、おなじかたちの家が四軒ならんでいた。同級生の家は、かわらずにある。公園をかこんでいた木が、ずいぶん思いきって切られていた。しげみや暗がりが危ないと知らずに遊べたのは幸せだった。新築だったマンションのくたびれかたを見たときようやく、あのくらい、あれよりも年をとっている。はは、声が出て安心した。

校庭が見えてくる。

体育館はおなじみたい、プールはなくなっていた。校門を入り、鉄棒といちょうの木を見たときは、なつかしさより、きのうもここで練習をしていたように、きょうもこれからまたやらねばと思っているようにいそいで、おかしい。きのうのことのように。そのことばそのままに足も気もせいてしまうのは、脳みそのどういう判断なのか、おもしろかった。

運動の大半、なかでも鉄棒、腕たて伏せ、雲梯、けんすい、腕の力のいるものはみんなへただった。走る跳ぶがすこしましだったのは、ひとより頭ひとつおおきかっただけ。

得意な子は、放課後、なか休み、鉄棒のところに駆けていった。くるくるまわっている子につられ、つかんでみるものの、うまくまわれず、つまらない。

……こうすると、すべすべになって、いいよ。

いちょうの幹に、手のひらをこすりつけると、つるつるになる。

もう創立五十周年をすぎているとのこと。このいちょうの木も、おそらくその齢になった。

手のひらをこすりつけてみる。摩擦の熱と樹皮のでこぼこ。いちょうは、荒れて、たよりない指紋も、あかく熱くすべすべにしてくれた。

校歌

梅崎春生　作詞
平井康三郎　作曲

淡《うす》青色の　遠い山から
水さらさらと　かがやき流る
むさし野の土　ゆたかに肥えて
若木はそろって　梢を伸ばす
何の木ぞ
われらここに生れ
すこやかに　われらはそだつ
豊玉南小学校

窓から見れば　あお空はるか
伸びよ生きよと　鳥啼き交す
雨や嵐に　ひるまずまけず
大地にしっかと　根を張る大樹
何の木ぞ
われらここに学び
ほこらかに　われらは歌う
豊玉南小学校

校歌の碑のまえで歌った。来てよかったことが、ふたつ。一番と二番の歌詞をまぜて覚えていた。作詞をした梅崎春生は、近くに住んでいたらしい。

副校長先生は、校舎を案内してくださった。

一階には、明るい図書室がある。理科室、職員室、校長室には、お世話になった四代校長先生のお写真もあった。水道の蛇口の低さ、ひんやりした廊下、絵も字も工夫したポスター、じっさいの声や足音がきこえないので、記憶の校舎に、そのまま立っている。

屋上にはプールがあり、池袋と新宿の高いビルが見えた。ほんとうに、ふたつの西武線にはさまれたあたりにあったんだなあ。資料室に展示されていた卒業アルバムのなかに、担任の先生の写真があった。教えていただいたころより若い印象で、この小学校の開校時からお勤めだったと知った。

二年生の教室の窓辺には、しろい根をのばしたヒヤシンスがならんでいる。工作がすばらしい。ビニールの手袋をふくらませて、工夫して、うさぎや魚を作っていた。

こくご、たいいく、どうとく、どくしょ

四時間授業の時間割に、どくしょが入っている。給食を食べて、外で遊んで。小学生は忙しい。なわとびが落ちていて、これでよく跳べたというほど短い。ブルマーで跳んでひっかかると、ぴしりと痛かった。しろく粉のふいたふとももも、ひざ。ちいさな椅子にすわると、机がひざにのっかって、浮いてしまった。

こんなにおおきくなってたんだな。感心するようなあきれるような、歳月の磁力に揺られる。電車に乗れば、大人でございという顔でいるし、ビールの味も、二日酔いのつらさ、彼岸のひとかげを思って目をつむることも知っているけど、調子よく、ひとつ手前でよしとしてきた絶望を思い出す。

転校する春のさびしさ、咳で眠れず、ふとんのなかで声をあげずに泣いていた。

まっくらで、ひとりぼっちなんだよ。いまここに集うちいさなひとたちにも、おなじような夜がある。ちいさなからだで、しょっている。

窓のむこうで、鉄棒といちょうが雨にうたれている。朝礼台とおおきな泰山木《たいさんぼく》、校章にもこの木の葉があしらわれている。かんたんなかたちの葉と、おおきなしろい花。泰山木がいまもとても好きなのは、毎日見ていたからだった。

子どもは、毎朝横断歩道を駆けた。しつこいほど入念に左みぎ左と見る。ほんとうの左右の区別は、ちょっとこころぼそかった。そしてこわごわ手を挙げたどりつき、ふりかえった。信号がかわる、車が行きかう。ああ、だいじょうぶだった。みじかい手足で、ちいさな頭にきいろい帽子をのせて、毎朝いのちがけで生きのびてきた。

とうとうきょうは、手入れを怠けて乱暴にあつかってきたからだが、居残りの椅子にすわらされてしまった。

おとなはほんとうに、あたしよりたいへんなんですか。

廊下のつきあたり、下駄箱、階段のおどり場で、寝ぐせのとれないおかっぱがふりむく。たいていみんなから遅れているのだから、まっしぐらに渡ってしまえばいいものを、こわくてかならず立ちどまった。

見に来ているのに、ずっと見られている。

とおい教室で、もう会えない子どもといっしょにいる。

ふりむく

雑音が走って、顔をあげた。ラジオ。そのむこうのカーテンが、つめたい風に波うつ。そして、閃光とともに、獅子の雄たけび。雷神が、夕方の町にあらわれた。

また夏が来るんだな。

昼寝しすぎたより目で、アイスクリームをすくっている。すぐに雨。むかいの屋根を消すほどの、白滝となって、この世はひとまわりさっぱりする。

きのうからきゅうに暑くなって、湿度についていかない。中学のとき、ハードルにかかとをひっかけてころび、スパイクの靴底が刺さった。その、ひざの傷。首と肩は、老眼がはじまって、左右とも五〇〇グラムほどの肉塊をのせているみたい。そういうのが、雨風でざっと流れて、かるくなった。

今夜は、よく眠れそう。

さっき起きたくせに、もう寝るのを楽しみにしている。このごろ寝床で、アラスカの映像を見る。一日のさいごに、熊やうさぎや、トナカイがいる。牛たちは、おしくらまんじゅうのなかにちいさな子どもを包んで、外敵から守っていた。みんなきびしい土地で、野生の毛なみで生きている。

夏場は、日なかは、うちにいる。手帳のうえでは、きのうまでが春。正午ちょうどの用事があった。きょうから、約束ごとは、すべて四時からとなる。こういうのも、サマータイムと呼んでいいかは、わからない。

きのうは、ことしはじめて麦わら帽子をかぶって出かけた。地下鉄を出て、神保町の交差点に立つと、対岸にやっぱり麦わら帽子のおじさんがいる。夏日ときいたら、帽子をかぶらないといけない。そう思う世代は、どのくらいまでかしら。ぼんやり考えていると、おじさんは、黒ぶちのまるい眼鏡、首にタオルを巻いている。気づいたとたん、だめだった。

信号がかわった。奥歯をかんで、息をつめ、うつむいてすれ違う。おじさんではなく、おじいさん。肩さきで確かめ、渡りきって、迷ってふり返った。ひき返したちいさな空気は、見しらぬひとには届かない。横断歩道に無数の足あとがひたひたとまじわり、静まる。この場所の記憶はいくつもあって、踏まれてこすれて、つぶれた。麦わら帽子は、さっき出て来た地下への階段に消えていった。

他人のそら似。当人はもういない。

夏になると、おなじかっこうをしているひとを知っていた。お孫さんがいたけれど、まだおじさんで通った。でもおしゃべりだから、おれはおばはんだよといっていた
お見舞いにいって、いっしょにバニラのアイスクリームを食べたのが最後になった。亡くなった九月は、まだ暑かった。アイスクリームの色は、病室の壁や仕切りのカーテン、面会室

のテーブル。目のおくに、ぽとんぽとんと置かれる。お通夜の日には、しつこい夕立ちがつづいて、雷が読経のじゃまをした。

本の仕事をされていたから、よくここで、あんなふうにばったり会えた。亡くなってからしばらくは、神保町にいくのがいやだった。それが、涼しくなって、寒くなって、年があらたまって、雪が降ったり桜が咲いたりするうちに、油断した。

いいとししたおばはんが、町のまんなかで、首にタオルをまいたおじいさんにふりかえりべそをかくなんて、若いころにはまるで思わなかった。

……そういうときは、思い出してほしくて遊びにきたと思えばいいんだよ。

いつだったか、やさしいひとに、そんなふうになぐさめられたことがあった。最後にいわれたことを怠けているから、見張りにきたのかもしれない。見たとたんだめだった。悲しい、なつかしいよりも、電流や、熱い鍋のふたに触れたような反応で、感情は、むしろそのあとから、たなびいてきた。見た、思い出したというよりも、受信に近かった。

もっと若いころ、ひとまわりほどうえの先輩と、お見舞いにいったことがある。

寝ついた方には、痛みはない。退屈もあるし、しゃばにやり残しのあれこれが気がかりで、病室から面会の部屋にうつり、エレベーターのまえでも、しきりにひきとめようとなさる。それなのに、先輩は、ひととおりの連絡を終えると、あとは、じゃあ帰るよ、また来るよとくり返すのだった。

もうすぐ、眠っちゃうからさ。

そりゃあそうだ、寝るのが仕事だよ。

先輩は、ふくみに気づかぬふりをして、逃げるようにエレベーターのボタンを閉じる。

もういちど、家にもどれるかどうかと聞いていた。もうすこしいっしょにいたほうが、安心してもらえるでしょうに。そのうえ、病院を出たとたん、先輩はビール飲んで帰ろうといったのだから、よけいに、それならどうして。友だちがいのない。声にはしないで、いそぐ背に眉をかためて、坂をおりる。

もう二十年もまえ、いまよりもっと思ったとおりが顔に出ていた。

いやだなと思うと、あごがしまって、額がこわばり、笑いたくない、話したくない。むりに話すと、低い声がとがる。へんに響いた。

ビールをつぎあって、だまった。

……ずいぶん一生懸命、しゃべってたねえ。

先輩は、おっとり飲まれた。

話しておきたいことがあるんでしょう。しゃばのふたりになろうとする親しみを割った。

ふーん。先輩は、テレビを見あげた。そしてもっとゆっくり、きかなくていいことまで置いて行かれちゃうのも、つらいもんだよ。

ひとよりずっと面倒見のよい、話すより、聞くほうがじょうずなひとだったから、このひとでも、そんな気のちいさいことをいう。返さず、ビールだけついだ。

……なんでも、聞いとけばなんとかなるってもんでもないしな。

また、へへっとゆるめて、ビールをやめて、おさけを頼んだ。

だんだんと、この日のことを思い出すようになっている。あの晩、あのいのちの潮に接するほど、わかちあった時間は、ずっと半分こでいたかった。

先輩は、泣いたかもしれない。

ふたりぶんは背負いきれず、せいいっぱいになる。親身なひとほど、聡いひとほど、置いていかれたらこころ細いと、若くて知らなかった。

はっきり、すべて、こころ残りのないように。先だつひとのために、いちばんいいことと思っていた。

……なに考えてたの。

……むかしのこと。

そしておばあさんは、ふふっとごまかす。おそらく、こんな会話が境だった。いつからなりたたなくなったのか、はっきりしない。

ひとに起こる変化は、オーケストラのようにじゃーんと始まるわけではなく、きざしといってもひたひたと、あとになって、そういえばあのころから始まっていたのかもしれないね。のこされたものどうし、ちいさな声で目を凝らし、いつかの場所をかさねてみる。

日ごとのちいさな違和が加速して、もうもどれなくなる。じっさい生きていれば、ぱたんと変わってしまうことなんて、すくなかった。

赤ん坊から子どもから少女になって、きっぷのボタンはおとなと押すけれど、それだって翌朝はただの朝。中学のとき、目が覚めたら恋に飽きてしまっていて、学校に行きたくなくて、そのひとの顔も見たくなくて、朝礼のどさくさで抜け出したことしか、思い出せない。

現代のおばあさんは、川に洗たくにも行かなくていい。テレビ見て、昼寝して、ごはん食べて薬を飲む毎日。

ひっこみじあんで、近所のお年寄りの集まりにも、まざりたがらない。会話は、両親と、ときおりたずねてくれるお姉さんと弟、妹だけだった。家のことは、ひとに任せられないたちの母なので、洗たくものをたたむくらい。やらなければやれなくなると、まわりは気づいていたけれど、やりたがらないのを無理にやらせてまでとはしなかった。

もともとことばかずもすくなく、聞き役のひとだった。家族が気づくもっとまえから、うなずいたり、あいづちをうったり、笑い声をはさんだりで、のみこみにくさをしのいでいたのかもしれない。

そして、おばあちゃん、いくつになった、お昼なにがいい、きのうはなにしてたの。すべての質問に、わからねの。ほほえみ、首をふるようになった。

あのころ、うちのとなりはあき地で、居間にはよく日があたった。おばあさんは、生きものはみんなこわかった。まだちいさかった三毛を気まぐれに撫でるのに、なついてひざに前脚をかけると追いはらった。

いやだ、しっ。

あれだけは心底のことばだった。またちいさな正座で、光をあびて、テレビにむかう。……毎日、なんにもすることがなくて、ぼんやりしているの。なにか、生きがいがあるといいのに。

母はこまり顔で、画面にあいづちをうったり、手をたたいたりする、ちいさな背を見ていた。しっ。猫といっしょに、いまそのときもふり払う。大正生まれにしては背が高いひとだったのに、ほぼ直角に背骨は前のめり。骨はすかすかになっているといわれた。テレビに飽きると、長椅子に寝ころがった。若いころの手術がもとで、おさけものまないのに、肝炎にかかっていた。その病気はどのくらいだるいものか、清潔な時代にいて、理解できなかった。

……ねえ、おばあちゃん。いまなに考えてた。

だれともなく、いつからともなく、そんな酷な質問がくりかえされた。おばあさんは、むかしのことと答えていたけれど、そのうち、わからないと首をふるようになった。わからない。その返事だけ、無理やり覚えておかせるようなことをしてしまった。声をかけられて、うれしそうな顔をしてくれたけど、ほんとうはとてもつらいいまに座らせていたんだ。

やせっぽちになったからだに、こんなにというほどの薬。そのどれかに眠気が入っているのか、うつらうつらとたそがれていく。

雨のにおいに、姿がただよう。

暗くなって居間のカーテンを閉めるのは、じぶんで歩いた最後のころまでしてくれた。洗たくものは、ずっと、とてもきれいにたたんだ。実家の居間は、彼岸にあるかのよう。おばあさんは、ふわりふわり、家族のために働く。

風邪をひいて、ひと月の入院で亡くなった。

心身は、ひとりのなかでさまざま均衡をとる。眠りと覚醒にも、そんなことがあらわれる。日なか、ほとんどぼんやり黙っているのに、おばあさんはよく寝言をいった。おおきな声で怒ることもあった。土地のことばでは、ごしやける。その音のように、ざっと降ってくる雨みたいなかんしゃくだった。薬の作用かおなじ夢も見るようで、それはどうやらお祭りらしい。

……ほうれ、それっ、それ、
ときに手ぶりをつけたそうにして、細い手首を浮かし、声をあげて笑う。目は、つぶったまんまでも、うれしそうだった。

おおきな農家に生まれて、こどものころは、若い衆がたくさん働いていたというから、祭ならさぞかしにぎやかで誇らしかった。そののち戦争未亡人となってしまったことを思うと、おおぜいのひとにかこまれ、かわいがられて大事にされて育ったころが、いちばん明るく得意でうれしかった。

晩年に、なつかしい夢を見られてよかった。なんどもくりかえされるお祭りを、だれも知らない。夢は、おばあさんだけのものだった。

さいごのひと匙なめてしまうと雨もあがり、とろんと甘く暮れた。軽くなった風にむかって、川ぞいをぷらぷら歩く。くちのなかは、あまったるい。鼻さきは、乳くさい。いまなに考えてる、むかしのこと。とぎれとぎれに、思い出して歌った。

すみれ色してた窓で
泣いていたよ　街の角で
輪になって　輪になって
春の夕暮れ
ひとりさびしく
泣いていたよ

けさのラジオでかかった。輪になっていたのに、ひとりで泣いている。手をつないだみんな、どこにいってしまったのかな。

立夏もすぎたというのに、川べりは桜のころの気温だった。首巻きを結びなおしながら、ことしの衣がえは、六月一日でちょうどいい。そんな年もめずらしい。逆風をまっこう受けて、熱燗とやきとんにむかった。

楽しみにしていた店にはいると、となりは、おじさんがさしむかい、横顔がよく似ている。

……兄弟なんだよ、五歳ちがいの。

……似てるかなあ。ふたりとも、もう孫がいるんだよ。

うれしそうに栓を抜いた。酔いは輪になって、輪になって。ちいさな店のなかで、みんな笑ってる。

煙をかきわけて出ると、やさしい月が出ていた。

そろそろ海を見たい。

なおる

暑くなると、図書館にいく。

ひとり暮らしの冷房は、節約しやすい。はじめてみたら、持っていく用事がとてもはかどる。だまっているのは、ひとりじゃない。その安心のおかげと思う。

若いひとはイヤホンをして、参考書に蛍光ペンをひいている。おじいさんは、ルーペ持参で、年表をながなが伸ばしている。お菓子づくりの本を山積みにしているひとは、食べてもらいたいひとがいるから。私語を慎む場所ほどよくわかる。読むひとは、たいてい自己紹介を発しているものだった。

ページをめくる手つき。文字を書くのも、打つにも、叩きつけるような筆圧。巻き風が来たような紙の羽ばたき。ことば不要の焦躁を、たじろぎながらきいている。

咳こんで、かばんをさぐり、ちり紙をひっぱりだして、鼻をかんだ。

背をむけているのに、音で動作を読むのはおもしろくて、本は置きざり。剣豪には遠いけれど、そのくらいの背の視力は、残っていてよかった。

呼吸のはやさ、深さ、おおきさも、みんな違った。嘘いつわりなく、ほんとうに勉強をしなかったので、大学の図書館もこんなだったか思いだせない。静かなときは、目より耳のほうが、よく見ている。

眠るまえ、目ざめたとき。それからきょうのように、終日ふとんにいるとき。

つい長居をして、本といっしょに冷房病も借りて帰ってきた。

世間をさぼって、ひとりころがっているまぶたの裏がわには、ことば以前のさまざまな思いがめぐっている。

たとえば、明日会ったら、きいてみよう。そう思って目をつぶり、朝になると、きいてみようと思ったなあ。そのことしか覚えていない。それどころか、どうしてきいてみたいあのひとの顔は、こんなに浮かばないのかしら。

会うたび、きょうこそ、よくよく見ておこうと思う。目、鼻すじ、口、首から肩と、ゆっくりなぞる。ほくろだって、あちこち知った。それなのに、はなれたとたん、たどろうとするほど遠のいて、福笑いもできない。

思いだそうと目をつぶると、力が抜ける。あくびも出た。瞳の光る、それだけが残る。夏がけはやわらかく、あたたかく、それまでどれほど力づくで立っていたのか、わかった。たくさん笑うから、脳の空気が薄くなって、ほうけているのかもしれない。

こんなことは、いままでなかった。

話しすぎて、話したことも、覚えておこうとかまえすぎて、みんなおぼろげになる。忘れてしまうのは、これからはじまることが明るくて楽しすぎるせいかもしれない。

そうだった。ようやくたどりついて、目をあけた。思いすぎている。これはよくない。

そんなふうに、日ごろからふとんの綿には、ころがしたままで忘れていた時間がふわりふわりとかくれていて、寝がえりをくりかえしながら、またいで過ぎたすきまを、とろりとろりと縫いあわせていく。

あんなことをいった。いじわるした。やってしまったことだけくっきり見えて、なさけなくなって、足の指でじゃんけんする。ガーゼの夏がけをぎゅっとつかむ。手と足の指をどうじに握ってみると、猫と赤ん坊のからだのやわらかさが、よくわかった。


夏日というのに寒気がとまらず、毛布も出して、巻きつける。つぎに図書館にいくときは、首巻きと膝かけを持っていく。忘れないように。忘れないように。それもまた手ばなして眠りほうけ、つぎに目をあけると、夜。

顔に髪がはりついている。背骨の重たいつっぱりが減って、腹が鳴った。

そして、つめたくしておいた、白桃の缶詰が出番。

そういうのは、すぐに思い出して、ガラスの大鉢にあける。ひさしぶりに、缶切りを握る。ぎざ、ぎざ、ぎざ。ふたをこじあけていく。子どものころは、黄桃より白桃がおいしいの。ぜいたくをねだった。ちいさなみかんも、高熱にうかされ、息が荒れておしりに注射をされた夜中、涙でべたべたになった顔でありつくごほうびだった。あのちいさなみかんの、袋をむく機械は、どんなかしら。

いまはどちらも、ふだんなら甘すぎる。ちいさな匙の金気の味。あのころ優しくしてくれたひとたちがくわえさせてくれたつめたさ。シロップにまざる、さっきの粉薬の味。

熱を出すと、つめたくてあまいものがほしくなる。おさけを抜くからと思う。ほんとうは、熱がなくておさけを飲んで、あまいものを食べるのがこの世でいちばんうれしい。けれども、ひとまえでは、めったにしない。ほんとうにぺろんぺろんになる。

いつか、友だちのお誕生日に、酔ってケーキを食べ、めろめろになっていまも笑われている。おそらく猫とマタタビになっていた。

三匹の猫を飼った。さいしょのきじ虎は、生まれたてをもらって、ずっと室内にいた。つぎの三毛は、山のなかにいたのを兄がひろってきた。さいごの三毛は、親せきが病気になったのでひきとった。きじ虎は、またたびを近づけても平然としていた。山育ちの三毛は、浮世絵の化け猫のように、舌を出してころげまわった。さいごの三毛は、ちょっと気になるくらいだった。

そのあたりまでめぐらせて、また歯を磨いてふとんにもぐる。

熱のあるときは、食べたいものしか食べない。きょうの晩ごはんは、あまい白桃。またつめたくなってしまった脚を、毛布でくるむ。そのままからだのかたちに、ぴったりくるんで横になる。エジプトのミイラみたい。そして、ほど遠い生身が、かわいた咳をひとしきりする。毛布はあっさりくずれた。

からだひとりぶんをものさしにして、山だったり田畑《でんぱた》だったり、お天気だったり、暦や地図とかさねてはかろうと試すことがある。

たとえば、島のあちこちの地震は、ふしぶしの痛みだったり、きょうのような雨降りにも、内そとの理由があるだろう。花が咲けば枯れているところもあり、むりやり耕しても土はやせるばかり。薬が毒となる危険があるのは、土もひともまるでかわりがない。

横たわるからだの、前うしろを見ても、咳をしたり、青あざができていたり、かゆかったり。おとといできた、かかとのまめもあった。

つぶれて、きのうまでは風呂に入るとしみていた。いまはかわいてぺったりと光沢があって、乾燥ラズベリーの色かたちとなった。さわると皮膚はかたいけど、まだ痛い。こんな色が、こんど気づくころには、ふだんの肌にもどっている。もどっているように見えても、まえとまったくおなじではないのかもしれない。

修復中のかかとは、なにもいわない。図書館で、よそのからだの声は、あんなに見えるものだったのに、ひとりになると、むずかしい。

木が切り倒され、切り株からちいさな枝葉が出る。三日寝つづけていた猫が、猛烈にえさを食べはじめる。

生きものの治る力は、たいしたものだなあ。この力というのを、新しい動力に変えられないものだろうか。なにか光らせたりできないものだろうか。熱があると、脳みそもふだんとちがう道を歩きたがる。

痛かったことなんて、すぐに忘れて、すてきな靴をみつければ、またおんなじことをするくせに。またかかとにさわる。ガラスのなかのおふたりも、こんな肌なのだろうか。目をつぶると、どちらのお顔も、はっきり見える。


港を見おろす高台のお寺さん、帰るたび即身仏に会いにいく。学生のころからそうしている。どうしてそんなに毎回おまいりするの、檀家でもないのに。家族は、いちどもおまいりしたことがない。ゆかりのないお寺さん。

ひとが来ると、かならず連れていく。好きなひとたちにも会ってほしいけれど、あまり喜ばれない。

おふたりは、そのお寺のご住職で、それぞれの代のとき、とてもつらい飢きんにみまわれた。そして、ひとびとを救うために土中に入られ、いのちを捧げて祈りつづけ、即身仏となられた。しんとつめたい蔵のなか、ガラスの厨子のなか。

お寺の方の解説は、生前のごようす、もとのお仕事、穀物をたつことなどの土に入られるまでの準備、読経、亡くなられたのちの対処など、聞くたびだんだんとていねいになった。

子どものころから変わらないのは、おふたりが願いをひとつだけかなえてくださる。この数年は、健康ばかりをお願いした。この五月は、ひさしぶりにちがうことをいった。

即身仏は白骨体ではない。海辺なので、はりついて乾いた皮膚には、塩害をふせぐためににかわが塗られている。その作業に、井上靖さんが立ちあわれ取材されたというのは、このたびはじめて知った。

やせた田畑を嘆き、ひとびとの餓えにすべがない。みほとけに経を唱えるひたすらの声は、だんだんと自他、ひとと自然物とのへだてをほどいていく。渾身の体温、生きものへの愛をみなもととして、なんとかしたい。その信仰心は、一点の動力としてとらえることもできる。

科学の世、いつか、愛もひとの努力も、測定が可能になる日がくるかもしれない。そうすれば、こころの交流とか、以心伝心という易しい言葉ですまされてきた関わりも、あっさり化学反応とみなされるかもしれないなあ。

やわらかな眠気がやってきて、こんど会って、こんな話をしたらあきれられるので、黙っていようと決める。それも忘れて、きっと話してしまい、ミイラを見に来ませんかなんて誘うんだろうな。横むきにころがっても、やはり顔は思いだせなかった。けれども、きょう一日あれこれと話しかけていたから、声はずいぶん近づいた。ことばは定着しないけれど、へんにかろやかな笑い声だけは、そのまままちゃんと覚えていた。

二時間寝て、目がさめて、バナナと牛乳、薬。またうっとり寝た。

そのつぎに起きたら、翌日の昼ちかくだった。

あなたの夢をみたよとメールが来ている。その夢で、どんな顔をしていたか。行儀よく、きげんよくしていたか。そして、ちょっとおそろしくなった。夢にまで出かけていくなんて、なんとあさましい。

鏡を見ると、まぶたが腫れている。ずいぶんやせていた。

会う約束ができると、なおりたくて、へなへなと笑いたくなって、寝ころがっていられない。

好きなひとたちのそばにいたい、まだまだ、なおりたい。

もういいわとは、まったくいえない。

えらぶ

図書館の帰りみち、教会でバザーをしていた。

……ボランティアのグループで、バザーをしています。お時間があれば見ていきませんか。

年配の女性が、声をかけてくださった。

ここでは、毎月のように結婚式がある。コンサートやバザーのお知らせも、よく貼ってある。ひとの集まりがよくあって、信者ではないけれど、風とおしのよい教会と思っていた。ステンドグラスもうつくしい。

友人とささやかなバザーをしているので、よそではどんなふうにしているものかしらと、入っていった。

礼拝堂のおくの、ひと部屋だった。ドアの貼り紙には、見知らぬ女のひとの名まえ、そしてメモリアル・バザーと書いてある。

この教会に参加されている方が、亡くなった。その方の遺品のバザーで、売上げは熱心にしていたホームレスのひとたちの支援活動に役だてる。きょうのバザーは、生前からの遺言にもとづいている。

ぐるりと見てまわる。事務机をむっつ、しかくくつなげたうえに、たくさんのものがならんでいた。一期一会の縁もかなわなかったのに、ひとがらや暮らしぶりがしのばれる品じなに、おどろく。

外国のみやげものやにかならずある紅茶のスプーンを集めていらした。柄のさきに、国旗や名所がかいてある。スイスとイギリスの町のものが、たくさんある。買い置きにして、封を切らないままとなった香水が二本ずつ。ミス・ディオールと、シャネルのクリスタル。どちらの香りにも、なつかしいひとを思い浮かべられる。

ふだん使いのせっけんが、おそらくいっしょだった。六個入りの詰めあわせの箱を、そっくり抱えた。

花の種の袋が、たくさんある。ルピナス、ラベンダー、お住まいには色とりどりの庭があった。おしろい花と朝顔は、採取して封筒にいれ、日づけを書いていた。

手芸の腕のすばらしさ。

パッチワーク・キルトの手さげがたくさんあって、ちいさな女の子たちが迷いに迷い、鏡にうつしている。CDは、クラシックのピアノだった。キーシン、アルゲリッチ、シューマン、ショパン。

レースのテーブルクロスは、きちんと糊づけされている。外国製の高級ディナーセットは、すでに買い手がついていた。筆まめで、便せん封筒一式や、外国のひとに喜ばれそうな和風のクリスマスカードが束になっていた。そういう生活を、無理なくなさっていたことがわかる。

バザーはまだ開いたばかりで、お客よりも売り子さんのほうが多い。それで、仲間どうしのはなしがきこえる。

きのうは、準備のあとでご家族との会食があった。お嬢さんの笑顔、そっくりになってきたわね。お顔じゃなくて、表情も似るものなのね。そして、まだかたづけが大変ね、おさびしいでしょうね。華のあるひとだったから。声は、すぼまる。

……これも、あの方らしい色あいねえ。でも細い方だから。

エプロン姿のお会計係のひとが、タータンチェックのスカートを腰にあてている。細い方だったとは、まだいえないくらいなんだなと思った。そして、ふと目があう。

……あなたなら、大丈夫なんじゃないかしら、いかが。

そのひとことで、十人ほどの売り子さんたちが、いっせいにすすめてくださった。

試着はこちら、ぴったりね、三百円ならお安いわ、イギリス製じゃないかしら、古着屋さんで買ったら高いわよ。長いけど、背が高いから、そのくらい長くてちょうどいいじゃない、夏が終わったら、すぐにはけるわね。

どの助言も、そのとおりだった。

部屋のすみに、ついたてがあり、試着どうぞと誘われる。腰のベルトをはずし、ひろげる。ひだが揺れて、ふわりと腰に巻きつける。きものの腰巻きをつけたときも、エプロンを結ぶときも、おなじような安心がある。布に守られている。

せっけん、花の種、スカートを買って、教会を出る。娘さんがいらしたのだから、きっと残そうと譲りたいと買ったものも多かったはずで、趣味のよい控えめな色のこのみに思いやりがにじむ。ひとりの女性が、じぶんの趣味で買いそろえたものというのは、やわらかなほほえみを残す。よい目を育てた、充実した生涯が見えた。

せっけんの縁、近所のよしみ。最後の頼みをかなえられたご友人たちとご家族に思いがいたり、ひとの財産は、やはりひとと信じられた。

スカートのひだは、すこしふくらんでいたので、この足のまま尊敬するクリーニング店にいった。ここのだんなさんは、一年じゅう、まっしろなTシャツを着て、早朝から閉店まで、重そうなアイロンを押している。

こんにちは。お願いします。奥さんに、スカートをわたす。すぐに、すてきねえ、いいものだわ、イギリスで買われたのねときかれる。いただきものですと答えた。

おなじアパートのひとり住まいの方が、亡くなられたことがあった。あとを託された姪御さんもすでに高齢で、業者に遺品の処分を頼まれた。古いアパートなので、そういう専門業者が来たのは、はじめてではなかった。

長椅子、本棚、呉服だんす。百科事典が廊下に投げ出されているところに通りがかった。長く、小学校の先生をなさっていたときいていた。会釈と天気のはなしくらい。近所のうわさを持ちよることは、おたがいしなかった。生前の笑顔を思い、胸が痛んだ。

おなじころ、遠縁のご夫妻があいついで亡くなり、家をひとに譲ることになった。なにかほしいものがあるかもしれないから、処分するまえに来てみたら。親せきのひとたちが声をかけてくれた。

広い玄関、なんどか遊びに来て、お茶とお菓子をいただいた居間。そこから見える庭の枝ぶり。あたらしく住むひとは、家を壊さずそのまま住みたいといっている。それをきいて、ほっとした。

あとは捨てられてしまうのだからときいて、おちょこと小皿をいただいた。盆暮れ、親せきの宴会で話すていどだった、和服のおふたり。

あの時代のひとにしては大柄な奥さんに、着物をゆずっていただいたことがあった。だんなさんが仕事を引退されるまでは、東京に住んでいたから、会うと、東京は最近どうですかときかれた。銀座、丸の内。町の名を、なつかしいと喜ばれた。

いただいたおちょこと小皿は、地元のおさけを飲むときにつかう。小皿には、つがいの鶉がかいてある。いつもならんで座り、世話を焼かれるがままのだんなさんだった。奥さんは、いつも一杯だけつがせてくださった。酒蔵のお嬢さんだった。

そのひとたちのいた場所、いなくなった場所、そこに立ち、ぽかんと日なたの光を受ける。生きているほうが、たよりないんだな。ちちと、すずめが鳴いていた。


目が覚める。

起きるか、また目をつむるか、立ちあがる。手洗いにいくか、水を飲むか、コップをとる。

ラジオかCDかの、ラジオ。冷房か、扇風機か、どちらもやめて、窓を開けた。

机にすわれれば、遅れ続けている約束のなかの、どれから始めたらいいの。書きながら、終わったらパンかおかゆか、はたまた朝からそうめんか、このあいだの福岡のそうめんは、ほんとうにすばらしかった。すいかもいっしょに食べた。どちらも、ことしはじめてだった。

蟬の声を聞きながら、頭は仕事から逃げだす。ともあれ、一日は選びに選んでなりたつ。

おもてに出るなら服を着がえ、ひとに対すれば高い声やえくぼをつくり、またひとりになれば、店先で呼びこみをしている居酒屋のおにいさんの、どのひとについていこうか。そうしてビールにありつくと、そのさきに、こいしいだれかが浮かぶ。

ひとは、消える。けれど、こまごま選びつづけた結果は消えないものなんだろうな。ぽろぽろこぼしていくのは、帰りたいからかしら。森をさまようヘンゼルとグレーテル。なんであんな家にかえるのよって、ほっぺたをふくらませていたなあ。ちょっと酔って腰を浮かせる。

もし死ぬなら、この部屋のものはどうしようか。

みまわせば、譲られても残されてもこまるものばかりで、みんな捨ててもらわないといけない。そのお金は稼がないといけない。働く目的ができた。

来週には、スカートのひだがきちんとたたまれてくる。今週かならずすることは、スカートのハンガーをひとつ買っておく。また、ものが増える。それがうれしいから、生きている。

旅を楽しんだ方がゆずってくれたスカートをはいて、どこいこか。

それでも、ことしはもう、ずいぶんと旅をしている。

どんどんわがまま旅になって、宴会ははやばや中座して、早朝の散歩をひとりじめした。なるべくひとりにしてくださいと頼んだりもした。せっかく親切に誘っていただいたのに、無気なことばを返し、ふとんをかぶった。どうしてそんなにかたくなになるのか、わからない。大勢でいると、どうにもさびしい。みんなが笑えば、よけいにそうなる。そういう気分を、なだめひっくり返すことが、どんどんへたになっていく。

さっき、うす暗い廊下を通りすぎた。やっぱりバザーより、ぜんぶ捨ててもらおう。

あの部屋には、いまは、ちいさな女の子が住んでいる。

はしる

朝の道で、走るひととすれちがう。あらい息が聞こえる。日に焼けすぎている。ぶつかるくらい近い。ここからうちは、信号ひとつもはなれていない。それなのに、ことばの通じない町にいるように奥歯をかみ、身がまえ、すれちがった。

血がめぐり、体温があがる。からだじゅうに鼓動が響く。汗が湧いて、追いこまれていそぐ呼吸。あんなに耐えられて、強いひとなんだな。そういう没頭は、きょうまでのどこかに落としてきた。

走るひとは、正々堂々と遠ざかる。ふりむかない。信号にさしかかると、速度をあげた。彼のために、おばあさんが脇にゆずったことに気づかずに、当然のように、王様のようにいく。追いつかないし、追いかけようとも思わない。なんのゆかりもないひとだもの。

どうぞさっさと、いってしまってくださいな。

からだを鍛えるなら、走りこみは避けられない。持久力がなければ、ダンスもサッカーも始まらない。心肺機能を丈夫にするから、走りなさい。ぜん息の子どもに、お医者もすすめた。それで、おそるおそる走ってみると、熱を出し、もっと息ができなくなった。むき不むきもあるけれど、丈夫になるはずが、ふとんから出られなくなった。うそつき、うそつき。泣いて、やさしいおじいさん先生に毒づいて寝入る。根気がないのは、走れなかったせいだけではないにしても、ねじくれた原因になったのは確かと思う。

生まれてから、正々堂々まっしぐらに進んだ記憶は、なにもない。ぐずぐずとちいさな声で、ただ時間がすぎればいいと、嘘をついたりつかれたりしていた。そうして、あらわれたなれのはてを、こんなものだろうとはおってきた。

目のまえの仕事にしても、ひとにしても、さっきまるかじりしたトマトにしても、いつでももっとよいやりかたがあったことは、明らか。悔いても改める気もないのだから、相応をのみこむよりしかたがない。

たとえば失恋の特効薬なら、あたらしい恋。

それはいつでも正解だけれど、無理やりに立ちあがり、あたらしい恋をつかむことは、したくなかった。都合よく風を起こして、出会ったことまで吹き飛ばしてしまったら、後悔するんじゃないかしら。行きどまりとなったきょうここが、砂つぶになって、やっと吹いて来た風にのる日まで、見届けてみたほうがいいんじゃないかしら。それで、人生の半分は失恋の状態となる。しつこい性分で、そんなふうにくり返してきた。

うそつき、うそつき。泣いて責めるのは、もうお医者ではなかった。

痛くて立ちあがれない、泣いてまぶたが腫れている。熱のはなれない頬、鼻をすする。顔を洗っても、まだ涙が出てくる。寝て起きて泣くをくりかえし、ときおり体育の時間のようにしゃがんで、膝の傷に息を吹きかける。ふうの息が、はあになって、また泣く。

傷がかわき、かさぶたになって、痛みがかゆみになって、かさぶたがはがれる。新しいしろい皮膚は、まだ透けている。けれども、もう熱はひいてしまった。ゆっくり歩いてみる。だんだん痛くなくなっていく。ころんだ瞬間が、遠くなる。泣かない日が、増えていく。

痛みが消えれば、動き出した。ひとに会う日が増えて、笑う。声を焦がれない日が増えて、消去した連絡先はあっさり真闇となり、顔にもやがかかった。

走るのはんたいは、歩くでもとまるでもなく、さめるなんだ。

そう知ったときは、逆方向に放り出された晩より泣いた。こんなの、覚えてよかったこと、なにかあったのかしら。首をかしげ、かがんで、靴ひもをむすぶ。はんたいの、よくなかったことは、すぐにわかった。

だれかのために走ることを、ずいぶん怠けている。もう、痛みに耐えられないかもしれない。心身だれかに先導されてしまうことを、まだのみこめるか、もうできないんじゃあないのかしら、わがままになっちゃって。だいたい、そんな季節は、過ぎてしまってるんじゃあないのかしら。四捨五入すれば五十なんだから。

逃げ腰になるときは、迷わず神宮球場にいく。こんがらがることに酔うのは、さすがにもうみっともない。

野球は、粛々とすすむ。ライトがまぶしい、みどりの芝生、茶いろい土。投げる、打つ、走る。セーフとアウト。とおくの、雨のにおい。

回がすすみ、応援に熱がこもってくるほど、しんと力が満ちてくる。それは、真剣に戦うスワローズのおかげ。そのうえ、ビールのおいしいこと。バアの暗がりでいやなひととばったりして、ため息をつくよりずっといい。

野球をしたことのあるひとたちは、人生のものさしを野球にたとえて説く。それは、おそらく正しい。あのころ、そういうひとに会えていたら、失恋したときはどうなさいますかと聞いてみたかったなと思う。セーフとアウト、先攻と後攻、死球。

東京ヤクルトスワローズは、ふしぎなチーム。こんなに投げて打つのに、なぜかことしも最下位にいる。

昨年は、ライアン小川泰弘が最多勝投手となったし、ウラディミール・バレンティンが首位打者になったにもかかわらず、最下位だった。つばめ飛ばず。ことし小川淳司監督のかかげたスローガンは、這いあがれ。こんなに一生懸命でも、ままならない。そういうこともある。やはり神宮球場にも、人生羅針盤があるらしい。

打球がとんできたライトの雄平が、センターまで駆けていって、スタンドに激突しつつ、アウトをつかみとった。ことしの雄平は、ほんとうにすばらしい。

かつて、土橋勝征に熱をあげていたころは、一塁がわのスタンドにすわることが多かった。土橋の引退後は、失恋よりも燃えつきて、ずいぶん神宮が遠くなっていた。ふたたび通うようになって、選手がまったくわからなくなっていて、苦労した。

土橋より打ったり走ったりする選手はいるけれど、もうあんなふうにはならない。土橋はおない年だったからかもしれない。土橋のおかげで、打撃よりも守備を見るのが好きになったので、勝ち負けじたいに興味がなくなった。ヤクルトどうしたんでしょうね。会えばまわりに心配をかけるので、最下位でさえなければいいなあというくらい。このごろは、外野スタンドでみんなの背なかをながめている。外野自由席、ポールのそば。身がまえ前をむく選手を見て、うしろすがたも饒舌なものと知った。それで、このあいだのランナーは、ずいぶんいらだっていたのかもしれないなと思った。

投げる、打つ、走る。鮮やかなみどり、光をあびて、選手が塁につっこむ。

小学校いらいしたことはないのに、野球を見ていると、消えかけていた種火に息を吹きかけられるような瞬間がある。忘れてはいけない熱、死ぬまで焚きつけておくように。歓声のどこかにまざったささやきに、ぐるりと見まわす。

打ちあいになって、やたらと点が入る試合がある。ずっと0点で、七回まで来たりすると、見ているほうも脚に力がこもり、息をつめる。この緊張のなか、打ったり投げたりするなんて、ほんとうに天才たちは神々しい。

さて、カーブ、ストレート。

石川雅規が、首を振っている。プロ野球選手としては小柄で、身長がいっしょと知った。冷静で負けん気が強い。ことしはみんなけがに泣いて、気の毒なくらい試合に出るので心配している。

納得してうなずくと、迷いのないフォームで球を放る。潔さが、頼もしい。ミットに、すぱんと白球が飛びこんだ。まっすぐだった。

投げ手と受け手、攻め手と守り手。

どちらが得意ときかれれば、受け手で攻め手。意気地なく重箱のすみをつついて、こらえ性がない。ボールが飛んでくると、いちはやく逃げたつもりだったのに、じつはボールにむかって走っていて、ぶつかったり、うまく取れたためしがなかった。

話をそらすと、ふたむかしまえ。飯田哲也のファウルボールが飛んできて、逃げたつもりが、むかっていたらしく、左肩にあたったことがある。息がとまる、目から火の噴く痛みだった。縫いめのくっきりついたあざが、ひと月のこっていた。見るたび、野球選手は、ほんとうにいのちを懸けていると思った。

ころんだり、泣きべそをかいたりしているうちに、投げてくれるひともいなくなった。なにがなんでも捕る、ぜったいに届ける、そんな覚悟もなく、むかってくる直球はこわいばかり。目をつぶってしゃがんで、アウト。

バレンティンの打率と、好きになったひとが好きになってくれる確率は、どっちが高いんだろう。

生ビールをすすって、打席を見まもる。そして、走ってみようか。おどろいた。もう一回ぐらい、真剣に投げて打って、駆けて塁につっこんでも、致命傷にはならない。気が変わっていた。

野球場は、すごいなあ。

先週の、野球が終わった帰り、神宮外苑は虫の声と草のにおいだった。秋が来ている。旅つづきだった夏が、すぎていく。

からだは椅子にすわっていても、新幹線は猛スピードですっとばしていた。窓をみれば、あおいあおいお富士さん。なんだか運がむいてきたんじゃあないかしら。西にむかう背は、得意げになった。

ことしほど、かき氷を食べた夏はなかった。食べおさめは、旅さきの神宮の茶店。暑くて眠たくて、牛の遠足のような白昼、涼しい木かげに逃げこむ老若男女にまざった。

氷はどんどん運ばれていく。たのんだ氷いちごの順番はまだまだだった。そのうち、蚊に刺される。ひとつ、ふたつ。かばんから塗り薬を探すうち、もうひとつ。蚊は強欲で、お釈迦さまではないので、もうひとくちと足に吸いついたところを、ばちんと成敗してやった。そういう残酷を見られるのは、恥ずかしい。

お運びのお嬢さんたちは、お盆を持ち、走ると歩くのあいだの風をつれて行き来している。怒っているひとは、ひとりもいない。森にかこまれ、せせらぎにはしろくない鷺がいた。名まえを教えてくれたのに、暑くてぼうっとして忘れた。

観光バスできたひとたちは、時間を気にしている。運ばれて、お茶漬けのように氷をおさめ、じゃり道を小走りに遠ざかる。その気配がうつらないようにと、こころ細かった。

ようやく、氷いちごがきた。竹のお匙を持つ。ほんとうのいちごの、いい香りのするシロップをかける。ガラスの器の底には、煉乳がひいてある。

つめたい、おいしい、来たかいがあった、おかげでいい夏休みになりました。

声は御礼をひとそろえくりかえして、額の汗がひいていく。

せみの声に降りこめられ、足もとでは、つぎの蚊が低く狙っている。

こんなにひとがいては。直球のサインに首を振る。

うわの空のまま、いそがしくすくってはこんでいるのに、気づけば氷はみんな溶けている。

なにか聞かれて、返事をしなかったらしく、知らないひとに大丈夫ですかと心配される。

ことばもから振り、ガラスにくちをつけて飲むと、つめたいガラスもいっしょに飲んでいるようだった。

首をねじり、このじゃり道から駆け出すのは、しんどいね。うつむく。手をつないでみようか、やっぱりやめる。

いうことをきかない指をくわえて、足に目を落とすと、てりてりと焼けて、また赤まるが増えて、かゆい。

はなす

風呂からあがり、えっちらおっちらパンツはいてシャツをかぶり、寝巻きのボタンをとめる。既製品は、ボタンが悪くなるいっぽうでがっかりする。脱いだ服を洗たくかごに放り、化粧水と乳液をはたく。歯をみがいて、ようやくふとんにすわる。そして靴下をはくまえ、足にハンドクリームを塗る。字にするとみょうだけど、おなじようにしているひとは多いと思う。

ずいぶんまえに中国の古書市で、足裏指圧の本を買ってきた。説明の文章は、漢字でなんとなく想像している。足の裏の気もちの悪い絵があって、目のつぼなら、中指のしたに目玉がかいてある。腸とか卵巣も、おなじふうにかいてある。それで、クリームを塗るついでに、目が疲れたら、そのつぼをぐりぐりと押す。あたりをつけて押すと、痛い。痛いとこ、悪いとこ。通訳さんの声を思い出しながら押すうち、すこし痛くなくなって、気がすむ。靴下をはいてふとんに入ると、さん、はい。五秒もたたず寝てしまう。秋の夜長は知らずじまいとなる。

夏のあいだも足のうらがつめたくて、うすい靴下をはいて寝ていた。さすがに真夏は、起きると脱げていた。熟睡さなか、足の指で器用に脱いでいるらしく、どうやっているのか撮影して笑ってみたい。

暑いと、寝相も悪かった。ふとんからころげたり、逆むきになっていたりした。いっしょに横になったはずの熊チームも、暴れたらしく、場外につっぷし寝ていた。それがいまでは、目が覚めると、頭が枕のうえにのっている。四匹ともとなりで寝ている。毛むくじゃら。つぶらな瞳とあうと、ちょっと照れくさい。

きょうは、洗たくものに赤とんぼがとまっていた。あんなに、暑かったのに。秋になったものだなあ。半日干していたジーンズは、まだすこし、しめっている。

そういう一日の終わり、風呂からあがり、寝巻きを着て、もう一歩も動かない決意の儀式のように、クリームのふたをあける。ものごころついてからこんにちまで、なんとなくつづけて、旅先ではさぼりがちになる。

東京におばあさんが遊びに来るときは、母と三人でふとんをならべた。ふとんのうえにすわり、オレンジいろのふたを開ける。カスタードのような、きいろいクリームだった。テレビでやっている、しろい甘い匂いのほうを買ってほしいのといっても、これがいちばん効くからと却下された。

……しろいのが消えるまで、しっかりこするの。

おばあさんが、かかとにぬたくりつけてくれて、くすぐったい。左のかかとに、おおきな縫い傷があるのを心配してくれているのだった。幼稚園のときに、自転車の後輪にからまった。かかとをさわると、傷がつるつるしている。縫いめは溶けて、ケロイドになっている。どういう神経がつながっているのか、さわるとぞくぞくして鳥肌がたつ。四十年たっても、その感覚は消えない。

　母とおばあさんの足に塗ることもあった。

　母の足のうらは熱くて、年じゅう素足でいる。しろいふくらはぎ、どこかに赤いほくろがあった。おばあさんは、ひとの出入りの多いところに手伝いにいって、水虫をもらってきたことがあった。お茶の葉をかんで、足にはりつけて、靴下をはく。お茶の葉が効くとのことだったけれど、母はいやな顔をしていた。ふたりとも、かたいかかとだった。

　三人でふとんのうえで、横ずわりになって、脚をくの字にして、なにをはなしていたのか。いまとなっては、古い絵をながめているような、こもった息ばかり。ことばはみんな忘れてしまった。ひとさし指の動きや、あくび、入れ歯のないおばあさんのやわらかにすぼまったくちもと、母が髪に巻いたカーラー、見ていないのについていたテレビの光、足のうらの熱と、ひびわれたかかと。

　きいろいクリームは、こするとしろくなって、そこからなかなか皮膚になじんでいかなかった。あのころは、つぼなんて知らなかったのに、かかとのうえのくぼみを押すと気もちいいと知っていた。からだに触れて気もちいいと知るのは、あんがいはやいんだ。

　声のない景色というのは、幸福だったということ。五感をすこしわきにおいて、力を抜いていられた。

　好きなひとといっしょにいて、黙っていられる。むかしのお父さんたちというのも、腕組みして苦い顔をしていても、至福の休日にいたのかもしれない。

ひとりでいても、よいしょとか、いてて、とか、しまったとか、なんだよう。けっこう声を発していて、それは、ひとりなりの緊張を客観視しているからかもしれない。長椅子にのびていても、ほどけきってはいない。帰省して、家族の気配をききながら、心身ぼんやりするときとくらべると、背筋腹筋に用心がある。

けれど家族といるからといって、もはやほどけきれるものでもなく、居間の長椅子にのびれば、父が新聞をばさばさ開き、母はピアノをひきはじめ、そのあいだも、テレビはついている。そして、目をつむっているのに、いろいろと話しかけられる。二日もいると、はやくひとりの部屋に帰りたいなあ。一日じゅういっしょにいて、ちっとも気にならないひとというのは、ずいぶんの親密と思うけれど、そういう意識をすることとさえ忘れてしまうひとというのは、たしかにいる。おそらく気があうの気は、気だてや気配よりきこえない波長。そういうひとを知れただけ、長生きしてよかった。

よく知っているひとでなくても、いいのかもしれない。

このあいだの夕方、演奏会まで一時間ほどあって、会場のちいさなテーブルで手紙を書いていた。お礼状が二通、お見舞いが一通、おわびが一通。筆不精なので、気もちの明るいほうから書くことにした。

テーブルは、売店のわきにあった。コーヒーを買いにいくと、おむすびやちいさなおかず、サンドイッチが売っていた。演奏中におなかが鳴らないようにと、お菓子を買っているひとがいた。

もどって、コーヒーをすすって、二通書いて、お見舞いの手紙を書こうとすると、しかくいお盆を持ったおばあさんが席をさがしている。

どうぞ。

声をかけ、むかいあった。

ちいさなおばあさんだった。あかるいみどりのセーターに、うす茶のズボン。しろい短髪で、お盆いがいの荷物がない。お茶と、お赤飯のおむすびと、五色豆とお多福豆。冬瓜と厚揚げの煮たの。豆が好きなんだな。

またうつむいて、ペンを握ると、すぐに悲しいばっかりになって、おばあさんがいることも忘れた。あせらずに、ゆっくり。先月もおなじことを書いていると気づき、字がとまった。

あまーい。

声をかけられたのかと、顔をあげる。おばあさんは、お多福豆のふたをぱちんとしめて、お茶を飲む。目があうと、ゆったりほっぺたをさする。

……こういう大食堂も、いいものですよ。

おそらく近所に住んでいて、ときどき食べにくる。もうすこし、あおいものを食べたほうがいいような。とっさに浮かぶけれど、好きなものを食べて、ちゃんとおばあさんになられたのだから、それがいちばんからだに合っている。

三角の側面に厚みのある、おおきなおむすびだった。ゆっくりと噛み、飲みこむ。その正しさに見ほれ、テンポをきいている。うちのおばあさんとふたりで食べるときも、こんなだった。そしてもどった手紙のほうも手もとに元気が出て、明るく結べた。しゃばに出たら、うまいものなに食べたいですか。

ぺこぺこおわびを書くと、開場まで、あと二十分ほどになっていて、とちゅうの編みものを買いものかごから出した。きょうの演奏会は、近所の気さくなもよおしだった。

……編みものを、なさる。

威厳のある声のおばあさん。おごそかにきかれ、照れくさい。手を動かして、思いついて、編みものをなさるんですかときいて、返事はなかった。

耳のとおいお年寄りとはいえ、よくあることとはいえ、でかい図体をして、ちいさなテーブルでむきあうひとにも届かない声とは、やっぱり情けないし、よくない。

あとはおたがい、だまって、食べて編んでいた。時間になって、おさきに失礼します、さようなら。立ちあがる。

おばあさんは、ふたをしたお多福豆を、やっぱり食べてしまおうか。じっと迷っていた。

はじまった演奏は、旋律よりも休符ばかりが気になった。みじかい息つぎ、意図的なポーズ、そして長い低音。たくみに挿入されている空白は、文字より声より、名まえのついていない感情を同時にあふれさせた。

決闘なら、挑発。逆上して襲いかかれば、動きを読みつくされてまっぷたつ。

その手にはのらぬ。

にらみあうようにきいて、終わったときにはとてもくたびれてしまった。尻の肉がうすくて、かたい椅子もつらかった。どこかで酔っぱらって帰ろうと、電車に乗った。

なじみの店のひとたちは、いろんな話をしてくれる。くちかずの多くないマスターも、気がむいたら相手をしてくれる。

コンサートの帰りなんだといった。

なにをきいたんですかときかれ、なんだっけ。

あきれられてしまった。

一日いろいろ見ききしても、ぜんぶはしょって飲んでしまい、会ったら話そうと思っていたこんなこと、いつもなんにも伝わらない。

まつ

朝食は、梨ひとつ。

うすく刃をいれる。どこまで長く、つなげられる。むくというより、けずる。みずみずしいのに、ざらついて、すべる。しろい果肉は、つめたくぬめる。果実のエロスにくるまれ、みるまに手がびしょびしょ。澄んだ甘露のしたたる、おおきな梨だった。

ありがとう、いただきます。

送ってくれた友だちに声をだして、まるかじりした。いつもなら、大事に半分ずつ割って食べる。きょうは朝日を浴びて、まるまるとおさめたかった。

むしんに食べ終え、うっとり指をなめる。のせていた皿に水がたまっていて、飲みほした。手を洗うのがつまらない。梨だけで満腹になるぜいたくに、ひきとめられる。

そうして恍惚のため息をついたというのに、庖丁と皿を洗うと、甘くまとわりついていた手のひらはさっぱりしてしまった。みんな消えて、梨は五臓六腑へと運ばれていく。ごぞうろっぷ。声にしたとたん、いろんな数字と文字があふれる。一夫多妻、五里霧中、三三九度、四捨五入、三公社五現業なんて、もう覚えていてもしかたない。気をそらしているうちに、冷えた感触の移動を追いかけて、たどれなくなった。もうすっかり過去になった。

洗いたての手でペンをにぎり、梨をありがとう。書きはじめると、錆びたねじをまわすように、ついさっきうっとりしたため息は、ぼろぼろ、雑然とする。ひとつそこにあるだけで完成されていた梨のすがたとは、ほど遠い。それで、苦しまぎれに一行書く。

秋の朝二十世紀の子どもたち　金町

その秋の朝、まるまる梨をのみこんだ腹をゆすって、あかいポストにはがきを入れると、病院にいった。年にいちどの胸の検査がある。

マンモグラフィは、おっぱいをたて横、機械ではさんでひらたくして、X線撮影をする。これはしばし痛い思いをする。子どものころ、セロリがいやで鼻を洗たくばさみでつまんで、泣きながら食べた。あの痛みに似ているけど、泣くまではいかない。超音波のほうは、あおむけになって、機械でなぞる。これは、痛くないけれど、ぞわぞわする。いずれも、技師の方がついて、体勢を整えてくださった。

検査がすむと、待合室にすわる。

診察室から呼ばれるまで、落ちつかない。足に力がはいらないまま、手帳を開いてみる。きょうの用事は、これだけだった。舌がかわいて、あめちゃんをなめてみる。あまいけれど、なんの味のを買ったのだったか、思い出せない。がりがりとかじってしまった。

よくない結果だったらと思いかけて、指の力もぬけてくる。そうなったら、考えること。追いやっても、またむくむくふくらんで、腹に力をこめ、足をつっぱらせる。

毎年こわい。なぜだか、毎年こわくなる。

おおきい病気をしたからといって、よくない結果に慣れることはない。

もしものことが起こっても策があるというのに、待つのがどんどんへたになる。ことに、からだの心配は。こころの弱さとからだの弱さは、どちらがさきだったか。卵とにわとりのようにふりかえる。

ついこのあいだも、そんなことがあった。

喫茶店にいて、ふとわきの鏡を見たら、みぎ目だけ、きゅうにまっかになっている。目薬をさそうかなといった。

……ようすをみてみたら。

むかいあっていたひとも、このひと月ほどしろ目がまっかになっていた。額をぶつけたことがあった。いまは痛くないから、そのままにしているといっていた。会うたびとても心配になったけれど、だんだんとひいて、いまはなんともなくなっていた。

踏みとどまって、ようすをみることが、ほんとうにできないんだよ。くちごたえに、せめていっしょにいるあいだは、そのままに。そういわれた。気にするのをやめて、帰りがけに化粧室の鏡をみたら、みぎ目は、もうあかくなかった。

年をとり、おなじような経験をかさねるほど、知らぬが花といかなくなって、ふしぎなことと思う。なんにせよ、手もとがおろそかになるのは、ひまな証しなんだ。

弱いな。ほんとうに、なさけない。

うなだれ目をつむったとき、名まえを呼ばれた。

お医者さんは、白黒の、不鮮明な画像を解説する。

これは水分。これは脂肪、これは石灰ですが、まあ悪さをする心配はない。

……大丈夫ですね。毎月ご自分で様子を見て、変化がなければ、来年のいまごろ、また来てください。


夕方になって、銭湯にいった。機械にひらたくつぶされて、こころにはらはらされ、こわい思いをさせたおっぱいをねぎらう。

脱衣場に、湯ぶねに、いろんなおっぱいがくつろいでいる。洗い場の、くもった鏡をのぞく。みぎより左がおおきいのは、心臓がおさまっているからだろうか。仏さまの左右は対称だけど、ひとはちがう。みぎききだから、いくらか筋肉がついているぶん、ちいさいのだろうか。

雑誌で、きれいな壇蜜さんが、おっぱいの体操というのをなさっていた。

両腕を横にのばしてねじる。肩と首すじをのばす。それから、脇のしたと胸のわきに流れているというリンパを、指を熊手のようにしてなぞって、さいごにおっぱいをゆする。三十回。そうすると、筋肉のこりがほぐれて、かたちもよくなる。クリームやオイルを塗ってすると、もっといい。賢くすこやかな壇蜜さんの手入れは、明解だった。

ページを破って壁に貼って、ひと夏風呂あがりに続けてみた。目を見はる効果はなかった。肩こりがちょっと軽くなって、壇蜜さんのご利益で、ありがたい。

けなげなおっぱいは、ちいさいながら、たぷたぷ揺れる。いままでの罪ほろぼしのような、赤ん坊をあやしているようなうしろめたさがある。

かまわずほったらかしにしたのは、おっぱいばかりではない。それでも、手足より、たるんじゃった腹より、しなびちゃった尻よりうちとけられず、どこかひとのもののように、おっかなびっくり触れてきた。

ひとよりはやくからだが大きくなったから、ひとよりはやくふくらみかけた。

小学四年で転校したとき、ぼいんだねえ、毎朝いってくる女の子がいた。その子も、おなじぐらいだった。じぶんがいわれたくないから、先制しているんだ。相手にしないと、返事をするまでまとわりついてくるのでこまった。

六年生のころには、ブラジャーをつける子が、ひとりふたりいた。

中学にはいると、うってかわって、みんながつけた。あなたはまだ必要ないのでは、そういうひともつけ始めた。ところで、やわらかくまるい乳ぶさを守り、かわいらしいものなのに、ブラジャーという文字のならびは、いつ見ても色気がない。

中学で成長はとまっていた。競馬でいえば、先行バテ。ぼいんはほど遠い。

下着を買ってほしいというのは、恥ずかしいことだった。

……もうみんなしてるから。

なんどかそんなことをいうと、まだいらないでしょうにというふうに、お金を渡された。服を買うのはいつも一緒だったのに、はじめてのブラジャーをひとりで買いにいったのは、どうしてだったのか。

中野ブロードウェイの店で、こんなものかなというものを選んだ。店のおばさんたちも、なにもいわなかった。おとなになることも、おっぱいがふくらむことも、ちっともうれしくなかった。への字に黙って、泣きたくなった。背なかのホックを、前にまわさずつけられるようになったのはずいぶんだってからだった。女の子らしい仕草は、みんなへただった。お風呂あがりの髪にタオルを巻きつけられるようになったのなんて、勤めはじめて銭湯に通ってやっと覚えた。

成長を歓迎されていないような、うすい不安の買いものがあった。いまだそのまま、下着売り場にいくたび、ひとりだなと思う。教わりそこなって、こころ細い。

このごろの店員さんは、きちんと巻き尺で採寸してくださる。試着室までいっしょに入って、つけたときのようすも見てくださる。

昨年、歳末の福引きで商品券があたった。欲しいものはなかった。新年は、あたらしい下着。これでぜいたくしようとデパートにいき、ベテランの店員さんに相談する。

……失礼します。

カーテンをあけて試着室にはいってくるなり、サイズが違いますね、お待ちくださいね。自己申告したサイズが違うという。

……これでどうでしょう。手のひらを動かして背なかのほうから、お胸へ。はい、きれいにおさまりました。

お客さまのようなお胸は、ひと月でかたちが変わります。よかった。たのしみですね。よかった。店員さんは、また満足そうにうなずく。

このような胸は、どのようですか、たのしみですね。おっぱいは、なにもいわない。雪どけのことばに、やっと思春期が終わる。くちびるはへの字のまま、手ばなせないまま、しつこく待つのもわるくない。

うたう

そまりはじめた山に出かけた。川ぞいの露天風呂をたのしみに、一時間ほどバスに揺られた。ひとりふたりと降りていって、いちばんさいごのふたりになる。歩きだすと、吊り橋に出た。対岸までは、三〇〇メートル。眼下は、深みどりのダム湖だった。橋は、渡り賃がいる。日本一という。渡らなくてもいい。宿に連絡して、ここで待っていれば、車で迎えに来てもらえる。こまった。

三十代のなかばで乱視がすすんで、したに動くものがあると、歩道橋でも足がすくむ。このごろは、階段が波うって見えるようになった。お寺さんの池にかかるちいさな太鼓橋も、手すりにつかまらないと渡れない。あしもとも左右も見ないようにして、揺れは気がつかないふりといいきかせて、闇で息をとめるような、海底にもぐるような覚悟で、早足している。

学生のころは、渋谷の駅前に十字にかかるおおきな歩道橋を、毎朝毎晩ばたばたと駆けていたというのに、このあいだは、その橋を渡りたくなくて、信号があるところまで遠まわりしたのだった。二十五年、ふたむかし半の退化。

父や母が中年のころは、もっと元気に見えたけど。母はすたすたと、どこにだって出かけていたし、父など、運動会で走っていたりもした。夏休みに出かけた上高地にも、おおきな橋がかかっていた。家族四人で、かっぱかっぱといって渡った。

旅さきでも、つり橋からは逃げまわってきた。仕事の旅では、ほんとうのいのちがけで、恥ずかしいことに、とちゅうでへなへなとしゃがんでしまい、泣きべそをかいたこともある。

しかられても、あきれられても、だめなものはだめだった。生来のつきあいというのに、両足はわがままな犬のように、いうことをきいてくれない。そして、年をとるほど、いろんなことを覚えるほど、こわさのこわばりは育っていく。増えもする。知識や経験は、おばけよりこわい。知らないでいるほうがずっとらくちんなのに、知りたい気もちに負けてしまい、四十なかばにして全身とりつかれてしまった。

橋のたもとで、かこむ山をぼんやり見まわす。

あのへん、むこうのあのへん、あそこもちょっとあかいね。はぐらかす。

……無理して渡らなくてもいいよ。

ダム湖は蛇行して、ひとつ山のさきは、もっと紅葉しているようだった。橋のまんなかにいけば見えるわよ。渡ってくるひとがいう。

いっしょのひとは、ぜんぜんこわくないのだから、せっかくここまできたのだから、渡ってみたいだろうに。

……ごめんなさい、手をつないでもらえる。

手のひらと、手のひら。のどを太い親指でおさえられたように、声はかすれた。

ふんばっていると、笑われる。手のひらに、汗をかいてはずかしい。

あかい、きいろい。

遠くを見るように、揺れにからだをあわせるように、いつもと反対のことをすすめられる。腰は重く、尻はうしろにひっぱられ、そのかっこうがおかしいと、また笑われる。山の遠くは、ちらちら盗み見た。すごくきれいといわれても、やっぱりみなもは見おろせない。

……こわいわ。

手すりを握りしめ、ふりむく。なるべく、ちがう動きはしたくない。すぐうしろにおばさんがいた。そして、目があうと、わたしもといって、だんなさんの手をつかんだ。のんきに見まわしていたおじさんの、日に焼けた顔がひゅっとこわばった。ひさしぶりに手をつないだんだ。じりじりと、まんなかまで来て、どうするときかれる。渡るか、ひきかえすか。

きのうの晩、冷えたから。星がきれいだったわねえ。むこうからもどってくるひとたちは、にぎやかに橋を揺らしていく。靴の底からつむじまでの軸が、渦を巻く。ひざの力が抜けてくる。おおきく息を吐いて、ゆっくり、でこっぱちをまえに向かせた。さきのもみじを見すえてすすむ。みぎの足が、地面に届く。ああ、遠かった。声が出た。

おそらく十年ぶりに、つり橋を渡った。こわかったけど、また渡った。

うれしい。そして、あっけない。

渡ったら、猿まわしのおじさんとおさるが、退屈そうにしていた。まえをとおるとき、くるっと一回転してくれた。このおさるは、毎日つり橋を渡って通勤しているのかしら。たいしたもんだなあ。

自動販売機でお茶を買って、展望台で見まわした。たしかに、山はかさなりあって、橋のまんなかから見るのがいちばんいいとわかる。そして、視力なんかのせいではなかった。ただこわくて、渡らずにいた。恐怖心は、とても頑固だった。

帰りは、まんなかまでつないでもらった。両手で手すりにつかまる。

みどりの深いダムを見おろす。魚がはねる。鷺がいる。鴨の親子が集まっている。手をはなして、またつかまる。ずいぶん平気になっているけど、こんどは、ひとりで渡ってみないと、ほんとうに渡れたことにはならない。助けてもらったから、渡れたのだから。

手をつないでもらっていたけれど、もしものことがあったときに助けられるような手ではないんだけどね。さっきのおじさんにしても、このひとにしても。手のひらがしめっていたときは、そんなことは考えていなかった。

じぶんと違う皮膚のきめ、あたたかさ。それから、目線をだんだんと遠くにのばしてくれたのは、風やすれ違うひとの気配でかんたんに吹き飛んでしまった、かすかな歌。

なにを歌っているの。たずねるとよしてしまう。はな歌は、寝言に似ているから、だまって息の消えていくほうについていった。そうすると、かならずきれいに染まった木があった。

先日は、はとこの結婚披露宴があった。

はとこたちが生まれたとき、彼らの両親は、忙しく働いていた。それで、身軽に暮らしていたうちのおばあさんが、手伝いにいっていた。夏休みには、おばあさんに会いにいって、泊めてもらった。おばあさんのおかげで、はとこたちと仲よくなれたのだった。

四十代から二十代まで、十二人。すっかりおとなになった彼らにあうと、いまもみんな、ちいさいころとおんなじ響きで、ちーねーちゃんと呼んでくれて、なぜかそのあとぽかんと笑う。かわいい。

こわごわだっこしたり、哺乳瓶をくわえさせたり、さじでお粥さんをすくって、あーんとやったり、赤ん坊たちは、ほんとうにかわいかった。みんなりっぱになったけれど、亡くなったおばあさんのことは覚えているよといってくれる。

宴からもどると、やっぱり風邪をひいた。

新幹線の乾燥と、寒さ。この組みあわせで、熱を出さなかったためしがない。あらかじめ薬を飲んでも、マスクをしていても、温かいコップ酒を飲んでいてもだめだった。あきらめて、ふつか寝こむ。

お医者にいくと、入口の扉に触れるまえから聞こえた。古いガラスが、びりびり震えるほどだった。

スリッパをはきながら、ほんとうに、あかいから赤ん坊なんだなあ。

りっぱな明石のタコみたいなのが、ひらひらのブラウスを着て、じたばたしている。

……ほらほら、だいじょうぶだから。泣くとしんどくなるよー。

だっこしている八の字眉のお母さんは、ゆすって尻をさすって、うろうろする。諭せばますます声をからして、こぶしを入れて、やおやのお兄ちゃんみたいに音量をうねらせた。話もできないくせに、このロックな抗いはなんだろう。お母さんの心情をすっかりわかって、あえてやっているんだろう。目があったとき、ぐっと見てやる。気の強いお嬢さんで、ひるむようすもない。母と娘にちがいないのに、姫と家来にみえてくる。

あいにく待合室なので、みんなが具合が悪い。あからさまにいやな顔をするじいさんもいた。そういえば、このごろひとなかで舌うちをきく。あの音は、あんがい遠くまで飛ぶ。一触即発の世のなか、火に油をそそぎ、さらにマッチで擦るような音と、おそろしい。

癇の強い子どもだったから、お母さんにならなかったから、お母さんより赤ん坊の内心のほうがわかりやすい。この歳になって、そんなことをいうのも恥ずかしい。けれど、赤ん坊の目は、こういうときの景色を忘れない。

郡山の冬の星空にむかって吠えると、しろい息がのぼって、鼻水とよだれと涙があったかかった。暑くてうるさい列車のデッキ。山形のちいさな庭でも、鼓のようにかつがれて、揺すられた。揺すられるリズムで尻をぽんぽんはたかれて、泣き声がおうおうおうおうと揺れるので、しまいにはおかしくなったけど、くやしいのでもっと泣いてやったこと。あーんあーん、わーんと泣いていると、手のひらをあてられ、あわわわわ、とやられる。

……泣け泣け、もっと泣けえ。

母が笑いだすと、くやしくて泣きやんだ。

泣かない日はなかった。毎朝、幼稚園にいくまえには、きょうは泣きませんと指きりげんまんした。約束は毎日破ったので、死んだら地獄にいく。針は、一億本のんでもたりない。

おらえの赤ちゃん　おりこうさん
おらえの赤ちゃん　ねんねしな
赤ちゃん　ねんねん、ねんねん、ねんねんよう

はとこたちが泣くと、おばあさんが歌った。

赤ちゃんを、その子の名まえにする。のりちゃん、たくちゃん、ひろちゃん、としちゃん、たえちゃん、かえちゃん、のぶちゃん。このうた、歌ってもらった。小学生になっていたのに、うちのおばあちゃんなのに、なんでよそのうちの子どもに歌うのかと、すこしふくれる。おらの家じゃ、ないじゃん。やきもちのへりくつだった。

全国版のねんねんころりの子守唄と違って、陽気でとぼけた旋律で、エノケンに歌ってもらったらいいだろうなと思う。母にも歌ってもらった。親せきで、ほかにこの歌を歌ったひとは知らないけれど、うちの兄とはとこたちは、この歌を浴びているはずだった。この歌も、絶えてしまうだろうか、だれか歌ってくれるだろうか。

どんな子守唄をききましたか。

せまい地域でたずねてまわるのは、さぞかしおもしろい。ひとのきくさいしょの歌。いまな

らきっと、いろいろ聴かせている。

あのころだって、母といっしょにレコードをかけて、さんざん歌っていた。ぞうさん、いぬのおまわりさん、大好きだったのは、ドロップのうた。神さまも泣きむしだったから。

歌にはそれぞれ、匂いがある。花だったり、水だったり、湯気だったり。ときおり町なかでその空気にすれちがって、つるっと音がこぼれている。からだと匂いが溶けてしまったように、はじめは歌声がきこえていない。あ、歌っちゃってた。びっくりする。透明人間の力が弱くなって、だんだん世間にあらわれてくるときみたい。消えているときは、きっとだれのためでもなく、どこかでへその緒を握りしめまるまっている子をあやしている。

温泉がえりというのに、つり橋のせいでふともも、二の腕が痛い。おみやげに、かんぴょうを買った。はちみつも買えば、のどによかった。

わすれる

暮れは大掃除をさぼり、せめて棚からあふれていたCDをかたづける。傷がついてしまったものをはずす。それから、三年はきいていないものを抜きだす。そこから年増の深なさけ、きいてみたくなったものを棚にもどす。あとは、つぎのバザーに出す。

ほかのひとは、この見きわめをどうしているか、ききたい。手ばなすと、またききたくなるかもしれない。それは明日かもしれず、十年後かもしれず、またそんな日はこないかもしれない。あの世で地団駄踏むかもしれない。本にしてもおなじことがいえるけれど、こちらは本気を出して国会図書館にいけば読める。CDは、そうはいかなかった。

インターネットをつかえば、また手に入ると思っていた。ところが、世界は広いようでちいさく、見つからない。傷をつけて、もうきけないアルバムがずいぶんある。近くの中古レコードやさんに優秀な店員さんがいて、いろいろおすすめをしてくれたり、探しているものを見つけたら連絡をくれる。それでも、まだすべて取りもどせていない。コンピュータにいれたらいいとみんなにいわれて、面倒がっている。CDプレイヤーも、こわれかけてから十年、そのまんまでいる。

手ばなすと決めた五枚をかけながら、換気扇を洗う。それで、二枚。窓を拭くうち、三枚。またききたいと思えば棚にもどすと思っていたけれど、よごれを落とすほうに夢中になって、しまいには、そんな決まりを作ったことも忘れていた。

薄情だなあ、年増もいいとこのくせに。つぶやく。

ほんと、ほんと、ほんっと、ほんと。

むかいのベランダで、ふとんを叩く音がする。

いやなことも、いやじゃないことも、眠ればぜんぶ忘れる。

若いころは、そんな単純にいくわけないじゃないと思っていたけど、どんどんそうなる。おもしろいくらい忘れて、もう思い出せないと身をよじることもしなくなった。ぜんぶ、スマホ先生にきく。すっかりあほうになった。

胃酸が食道にもどってくるから、お医者に食べたら二時間は起きていなくてはいけないといわれているのに、寒くなったらふとんの誘惑に負けてばかりいる。眠りたいばっかりに、明るいうちに晩ごはんを食べることもある。眠らないために、近所のとまり木をのぞくこともある。冬は、いつでも眠たい。ウールの毛布にくるまっても、羊など一匹も数えない。きのうの晩も、灯りを消した記憶もさだかでない。

よこたわり、ずうっと眠る。夢で泣くことも、もうない。夢そのものも見なくなっていく。仮死のような深海を、のうのうと泳ぐときは、ダイオウイカのこころになりたい。

しんどいこと、苦手なことをしないでよくなっている。さしずされて働くことも、なくなっている。心身の負担が軽くなったからと思う。いつでもお金がないとか、ひとづきあいはおっくうとか、そういうのは変わらないけれど、こちらは試験とおなじで、問題の数をこなしたのでなんとかしのげる。ひともお金も、寄せてはどこかへ帰っていく。明日もこのからだだけでいい。

眠らずに飲む夜なんて、もうひとの死んだ晩ぐらいだなあ。

この一年のあいだにも、ずいぶんあちらに渡られた。だんだんと、あちらのほうがにぎやかになったけれど、まだ死ぬのはこわい。病にかかれば、なおりたい。寒がりを改善しようと、漢方薬も飲むほどの強欲だって持っている。それなのに、これを飲み忘れる。

一日三回、食前。前の晩、机に小袋をみっつ置いて寝る。

目が覚めると、すぐ机にむかう。終わるとはらぺこで、立ちあがり作って食べて、食べ終えて、しまった。

しくじった。

こんなことを話せば、きりがない。

からだで覚えたことは、忘れないといわれている。たしかに、こどもは難なく覚えた。おとなはずいぶん苦心をかさねて、たたきこむ。覚えてしまうと、忘れたほうがいいことも忘れられない。習得は、たちが重い。

バレエを習えば、フラダンスがへたになる。フラになれれば、重心が低くなり、くるくるまわれない。どちらも習ったからといって、河内音頭がすぐに踊れるものでもなかった。けっきょくなんでも、そのつどしかない。

毎朝ラジオ体操をすると、きしむところは日々かわる。ほんとうは、喜怒哀楽だってそうなのに、よくわからない。ぽきん、ぱきん、ぴしりと音をたててくれればいいけれど。

よこしまな気もちが混ざるまえに、ぱっと手ばなしたほうがいいんじゃあないの。親しいひとが、怒りや悲しみに暮れていたら、きっとそんなふうにいう。からだで覚えたことだから、知ってるの。長丁場はすすめない。そういう。

傷つきやすさと、自尊心の高さは比例するんだよ。忘れられたらしあわせなんて、演歌みたいなこと、いうなよ。そんなことをしょっちゅういわれていた。ひどいお酒につきあってくれたひとは、もうあちらのひとになった。そしてこちらは、もうしあわせ。忘れられてしまったから。

ずいぶんがんばったのに。忘れないよう、なにを見ても思い出そうとしていたのに。

季節の道におもかげや会話がかさなることは、いまもある。けれどもその残像は、ぼやけ、ときおりになった。

未練とか恋慕というやつがどんなふうに遠ざかるのか、最後まで見てやる。そんなつもりで、奮いたつために泣いた。のどが切れて血を吐いて、ホトトギスみたいだなあと笑ったら、そのままからだが壊れた。それでも、全身をことばで見たくて、ひとの助けは借りたくなかった。いまよりずっと持久力があった。山のぼりをしていたからかもしれない。そのころはもうおばちゃんだったから、ころんでもただで起きたりはしない。

……じぶんでやりたい、ひとりでするの。

なんでもそういいはって、おとなに世話されると憤慨して泣きながら抗議する子どもだった。そのころとなんにもかわりがない。あきれても、やめられなかった。ずっと籠城して、しゃがんでいるつもりだった。にらみつけているのは、相手ではなかった。どんなに弱るのか、みっともなく執着するのか、ひと目会おうと、浅い知恵をしぼるのか。のたうちまわり、あっさりもとにもどるのか、それが知りたかった。子どもとちがうのは、結末をうすうす知っていた。失っても、生きている。

そんな人体実験は、予想どおり。そして、二年もかからず潮どきが来た。わざと見ようとしたむくいに、知らなくていいことを知った。いちばんしんどいのは、病気ではなかったし、恋しくて泣いたことでも、ぺっと吐き出す血の味でもなかった。

回復療養の散歩道、通りがかりの神社で手をあわせて、本殿の鏡を見た。そのとたん、こぼれた。

……いつか、幸せを祈れるようになれますように。

こころにはまだない声がつるりと鳴ったので、おどろいて唇を押さえた。

きっとあのひとは、その朝もおなじところで眠っていたはず。はなれていくのは、学校で習った通りの二礼二拍一礼をしている、この心身。

　あのときの、冬の来光。そこらじゅうがまっかになって、かなわなかった。神さま、本心って、どこにあるんだ。いってること、やっていること。あまりの薄情にあきれはて、力が抜けて、歩くことを忘れるほどがっかりした。からっぽなのにまぶしくて、天はつれなかった。

　それからだんだんと本心そのものを放って、用心ぶかくなった。それはきっといいことなのだろうとも、わかってくる。なぜなら大病しているはずなのに、元気になる。夜中に目が覚めても、また目をつぶると眠れる。回復の悲しみにくらべれば、発端の悲惨など、なんともないのだと気づく。そうやって、まるきりなおってしまった。

　すっかり完了したい。暗い穴を掘っていれば、化石のかけらくらいは、見つかる。そんな気もちだった。爪に土が入り、手足にあざができ、髪がほこりだらけになり、くたびれはててもやめたくなかった。忘れたくない。学生時代のどんな暗記より、がんばったというのに、二年もかからず遠のいた。

　そうしていままでは、忘れたことまで忘れてしまいそうで、あきれる。再会しても、ちっともつらくない。その事実のほうが、失恋当初よりずっとこたえる。よこしまが続かないといっても、善人ではない。そして、からだは覚えてしまう。観察記録は一冊の本になったけれど、読み返していない。

　こころは、だましてくれる。からだは正論をつきつける。どちらがすこやかなのか、わからない。そういえば、ものわすれを、健忘症といわなくなった。痴ほう症とか、アルツハイマーなんとかというより、ずっと病むひとに思いやりがある。

身のまわりに、健忘事項をこぼしながら生きている。まあいいや、明日で。あんなにいろいろあったのに、明日がちゃんと来ると思っているのだから、ずいぶん図太い。いろいろあったから、そう馴れてしまったのかもしれない。

忘れたくないことさえ忘れるのだから、過去のB面は、もっともっと忘れている。ひとりぶんに受けたものよりずっと多く、踏みつけ傷つけ、置き去りにして放っている。

だれもが、忘れっぽいわけではないのだから。

うずくまったり手で傷をおさえたり、うめき声をあげていた友だちは、家族は、草木は、猫は、きのう電車でぶつかった見しらぬ男のひとは、あの痛みを許してくれているかしら。許せずとも、忘れてすごしてくれているかしら。もう確かめられない。いつどうやって、その刃をふるったのか、さっきの一瞬さえ、はっきりしないのだから。

ひとに会えば、おそろしい。いつかの言葉、平手の失敗、歩みのつまずき、はらわたの煮えぐあい、目をふせころがし、からだのきしみをたどれば、なんにもしていないはずがない。きょうの夕暮れ、目のまえでビールを飲みほしているのは、それなのに会おうといってくれるひとたち。神ほとけとかわらない寛容を負ってくれている、ありがたいひとたち。


好きなひとでも、忘れてしまう。きのうもそうだった。

なんとか太郎。太郎がつく、漢字六文字。

肉づきのいい坊主頭と、めがね。浅草に、生誕地の碑が立っている。演劇の脚本、小説、随筆もある。なにより俳句がすばらしい。短冊の、ちいさなやさしい文字。けれども没後、あまりひとがらはほめられていなかった。湯島天神の階段のところに住んでいた、梅原龍三郎の家で、貝をのどにつまらせ、亡くなった。

神田川祭の中をながれけり
湯豆腐やいのちのはてのうすあかり

こんなのはつるっとでるのに、名まえがわからない。梅原龍三郎なんて、年にいちどもいわない。そういう、蔵のおくすみのほうの名まえは出るのに。これはまずいでしょうよ、思い出さないと。そう思ったとたん、脳に空気がいかなくなる。くすぐったい。脳みそに孫の手はとどかない。そうして、わずかに気がとおくなる。頭がい骨にぬるい糸こんにゃくをつめられる感触。こういうとき、脳細胞の粒たちは、ぷつんとはぜて死んでいるのだろうか。仕事さきで腕組みすると、検索しましょうと助け舟を出してもらった。

はい、久保田万太郎。

好きだと思っていたのに、忘れた。ちょっとした些事を聞きかじっているだけで、好きとはちがった。心身に棲みついていないのに、知ったかぶりをした。恥ずかしかった。

恥ずかしいので、こんなに思い出せないのは、人間に名まえなんていらないからじゃないかと考えたりした。どうせ死んで、あの世の名になっちゃうんだからさあ。天にむかって、べろを出した。

いまとなっては、その恥ずかしささえ、ふつかともたないので、ここに書きつけておかなくてはならない。備忘だけではたりなくなった。

忘れたと気づいたら、そのつどことがらをならべていかなくてはならない。

忘却の入れ子に、身を乗りだしてのぞきこむ。眠りの国では、羊が草食む。

なく

郵 便 は が き

おそれいりますが切手をおはりください。

101-0052

東京都千代田区神田小川町3-24

白 水 社 行

購読申込書

■ご注文の書籍はご指定の書店にお届けします．なお，直送
ご希望の場合は冊数に関係なく送料300円をご負担願いま

書 名	本体価格	部 数

★価格は税抜きで

(ふりがな)

お 名 前 (Tel.

ご 住 所 (〒)

ご指定書店名（必ずご記入ください）	取 次	（この欄は小社で記入いたします）
Tel.		

『からだとはなす、ことばとおどる』について	(8493)

その他小社出版物についてのご意見・ご感想もお書きください。

なたのコメントを広告やホームページ等で紹介してもよろしいですか？
はい（お名前は掲載しません。紹介させていただいた方には粗品を進呈します）　2. いいえ

住所	〒　電話（　）		
りがな） 名前	（　歳） 1. 男　2. 女		
業または 校名		お求めの 書店名	

の本を何でお知りになりましたか？
聞広告（朝日・毎日・読売・日経・他〈　〉）
誌広告（雑誌名　）
評（新聞または雑誌名　）　4.《白水社の本棚》を見て
頭で見て　6. 白水社のホームページを見て　7. その他（　）
買い求めの動機は？
者・翻訳者に関心があるので　2. タイトルに引かれて　3. 帯の文章を読んで
告を見て　5. 装丁が良かったので　6. その他（　）
版案内ご入用の方はご希望のものに印をおつけください。
水社ブックカタログ　2. 新書カタログ　3. 辞典・語学書カタログ
ブリッシャーズ・レビュー《白水社の本棚》（新刊案内／1・4・7・10月刊）

記入いただいた個人情報は、ご希望のあった目録などの送付、また今後の本作りの参考にさせていただく以外の目的で使用することはありません。なお書店を指定して書籍を注文された場合は、お名前・住所・お電話番号をご指定書店に連絡させていただきます。

明日の朝まで、もつかしら。

机のうえのガラスびんに、頬づえをついている。看とるような静けさ。けなげな冬ばら、十日も咲いていてくれる。西のひとなら、咲いててくれはる。こっちのほうが、ずっとぴったりだった。

花びらは、やわらかくほどけた。買ってきたのは先週の水曜、会えたのはその翌日で、そのころ白ばらは、みどりがかっていた。いまは、象牙のいろになり、咲ききり花心もあらわれた。ひとさし指を寄せると、白粉に包まれるみたいな無音の肌ざわり。

水をとりかえ、はさみをいれて、茎はもう一〇センチほどになった。むきをかえるとやや遅れて、ゆるやかにふるえた。冷えた室内でひくく放っていた香りも消えて、けだるく傾ぐ。

二輪のばらは、葉も、茎の太さも、花のおおきさもおなじだったのに、かたほうは緑のうてながしおれて、茶のすじが入りはじめ、花びらがこぼれる寸前、花の顔はゆがんでいる。これも、死相か。

そのとなりは、明日までなら、ばららしい複雑なふくらみを保ちそうだった。おなじところで栽培され、おなじ花びんまで旅をしたのに。一日ちがいの寿命も個性なら、日ごろの気みじかは、おそろしい。

丑三つどき、あさってはもう節分。いよいよ冬も押しつまった。寒の暮れらしくラジオは第九の中継、床にひざをつく。はしからはしまで五歩の廊下に、ぞうきんをかける。年末年始はひとに会いすぎ、会いたいひととはますます疎遠になっていく。ようやく、くちをつぐむ晩がきた。

細い糸を引きずりながら、話しすぎて笑いすぎて、糸はこんがらがり、ひと、もの、こと、そのうちそとは、かた結びだらけになる。糸も擦れて、やせていく。気がつかないふりをして、手帳優先にうごいていたら、ダンボール箱のなかにしゃがむようにきゅうくつ。そして、待っていることばは、いっこうに届かない。

ひとには、それぞれ都合があるのだから。眠れず窓をあけると、しろい小望月が、でこっぱちを押さえる。ほんとうのことは、このいまはわかれない。だれの頭上にも、このお月さんがあるけど、きっとみんなぐうぐう寝ている。待ちびとも、そのとおり。できることは、ゆで卵ができるまで、廊下をみがくぐらい。現状は、さえざえ照らされた。

雪もやんでよく晴れて、北風はせいせいと無人の道を駆けていた。泣くほどのことじゃあない。いままでだって、なんどもあった。深刻にこわばるあごとへそのしたをゆるめ、寝巻きに厚いセーターをかさねて廊下と台所の床を磨く。ぞうきんを洗って干して、ふと思う。

泣いちゃったほうが、よかったんじゃないか。

流しで、立ったまんま、くちはほくほく動きゆで卵を食べながら、こころは、強いところと弱いところ、いちどにいろいろあらわれているものだなあ。ひとごとの目で、ちらばったしろい殻をながめる。慎重にすれば失敗するのに、今夜はほうびのようにつるりとむけた。

また歯をみがくと、寝床で足裏指圧の本を開いた。冷え症、疲れ目のつぼをぐいぐい押す。こころもようにも、つぼがあればいいのに。

ラジオもとめた、冷えた闇のおくから、おおきなトラックがやってくる。夜が割れて、朝がしみ出してくる。


二度寝から起きると、十時。室内で、時差ぼけのようになっている。

気の晴れないのは、寒さのせい。きょう一日そういうことにすると、たるみきっていた腹に前かけをしめた。なまけていた仕事も、家事も苦手な計算も、逃げ場とすればはかどる。

放ることばは、ひとりよがり。なんどもしくじってきた。さすがにそろそろ、話さないでいるてだてを覚えたい。

ふとんを干す。棹にかけるときは、えいと持ちあげずに、柔道の背負い投げを浮かべて肩をつかうとうまくいく。枕をたたいて、ふくらませる。くるなら、かかってきやがれ。たたいてたたいて、ばかな闘志がよぎる。

牛乳をわかし、コーヒーをいれる。ふたつあわせてカップにいれて、すする。

……ああ、おいしい。

あんたってば、いままでこの忘れっぽさのおかげで、生きてこられたんだからね。みょうに高い、五歳のころのような声が、耳のなかを駆けていく。四十六の図体は、天から諭されたようにきょとんとする。

稲荷町のお寺さんでも、大阪の神社でも見たから、おそらく神ほとけ、ともに叶えていただける。境内がひろいところより、町なかのちいさなところのほうが楽だと、寒い夕方、参道と社殿のあいだを目ではかった。

時代劇では、真夜中に、はだしから血を流し、髪も着物のすそをも乱して無言で小走りで、手をあわせると小石をならべていた。百粒の小石を集めるのもたいへんと見ていた。いまなら、交通を調査するひとが道でカチカチやっている機械を使うのだろうか。じっさいにお百度を踏んでいるひとを、見たことはない。

神ほとけに思いをあずけ、百回願う。やりとげれば、きっとここちよい疲労がある。熱や汗や高ぶりで、もう半分叶った気となるかもしれない。あたたまったからだと、安堵があれば、願いのために努めやすくもなる。

やはり、いてもたってもいられないときは、からだを動かすのがいいんだ。迷惑もかからず、現実から逃避できる。

それなら、きょうもたっぷり逃げるぞ。大手をふって帰ってきた。

換気扇、風呂場のタイルのかび退治、冷凍庫の整理、革靴をみがき、スニーカーを洗う。ひとくち残ったジャムで、お菓子を焼く。逃げているくせに、お楽しみまで入れている。不信心ものは、みんなわが身をかわいがること。

前かけしめて、爪のすきまをくろくして、やかんの底をひたすら磨いて、ああ。

失敗した。胸もとに漂っていたひとかげが、すっかりはがれおちていて、手をとめた。また磨きながら、くよくよしたくなくてはじめたというのに、くよくよしなくなっていることにがっかりするとは、どういう了見だ。汗かいて、手も荒らして、ささくれがしみて、こんどは磨く手に叱られたように、肩をせまくした。だって、返事はここにないから。自力じゃどうにもならないから。

水をかけると、傷だらけのやかんも、にぶく輝いた。いるかいないかの、うすい影はひらひらと帰ってくる。ひらたい胸もとをさする。

ふきんで磨きあげて、お百度ならもっとすっきりするのかな。明日もこのままなら、試してみようか。はだしはできないな。ひと目は恥ずかしいけど、夜中はこわいな。百粒の小石、あるかしら、このへん。

米をとぎ、だしをとり、めしが炊け、汁が煮え、肉が焼けた。ふしぎなことに、心配ごとがあると食欲が出る。来るかもしれないことに備えるのか、めしの重さを味方につけようとしているのか。熱を出したときも、そうなる。恋も病とよくよくわかる。

こまねずみより気がちいさいくせに、じっくりゆっくりと願った。あれは見栄だったけど、ほんとにそうするのがいいと思ったから。泣かずにいるのは、そのへりくつのおかげだった。

満腹になると、あくびがでた。

きょうは、もう知らない。ラジオも電話も灯りもぜんぶ消した。

知ろうとしないことがへたなうえに、目もくらむほど便利な世のなか。こわがりは、ますますどんどん、こわくなる。いままでひとごとを知りすぎて、いいことはあまりなかったから、迷いがあふれると電源を消す。ちいさなアパートは、みるまに高い山、電波の届かないところになれる。

切ると決めたら、いまこのときに鳴っていたらとも思わない。決めたことで、ふるえながら奮いたっているのかもしれない。そうして、心配されたり、つめたいといわれる。


翌朝は、いつもどおりにもどった。

しばらくぶりによく寝られた。足腰はたよりなく、目がさめれば気がかりはそのまま、むっくりあったものの、心配のうずは、からだのそとに出て、床のうえのざわつきを眺めるようになっている。

きょうの約束は、ひきかけた風邪のせいにして日延べした。その風邪も、もう抜けている。いつもの倍の雑用を書きだし、順番と時間のめやすをならべてみる。

部屋が寒いせいで、机のばらは、きのうとほとんど変わらない。ここまでくると、そんなものかもしれない。リリアン・ギッシュと、ベティ・デイビス。八月の鯨の、美しい姉妹を思い出す。

短い枝を持ち、ななめに五ミリ切る。そっと横たえ、花びんの水をかえた。この数日を、見届けてくれてありがとう。あなたのみそかを、どうぞゆっくりと、じっくりと。泣かずに、そっと別れましょう。

ラジオなしでラジオ体操をすませると、箇条書きにとりかかる。ひとつすませては、横棒をひく。気がとがって、お百度もこんな感じだろうなと思う。

洗濯を干し、エアコンのフィルターを洗う。繕いものをはじめると、腹が鳴った。時計を見ると、十二時半。ラジオがなくても、いつもどおりに鳴った。

なべに湯をわかす。わかめをもどして、だしをとる。わかめを湯にくぐらせる。うどんをゆでる。時計を見る。三分間に、わかめとねぎをきざみ、おだしの味をみた。みりん、しょうゆ。山盛りのわかめを、週にいちどはたべたくなる。うどんに、みそ汁に。器のなかが海底のようになるほど食べると、五臓六腑の凪を感じる。

五分で食べ終え、どんぶりを洗い、ごみを捨てに行き、豆を買ってきた。掲示板に、近くの神社の豆まきは三時半からとあった。

箇条書きをぜんぶすませたので、わかめをかきわけ、地上のひとなかに帰ることにした。ラジオをつける。携帯をつける。ただいま、日本。

ラジオからは、世界のことが飛びこんでくる。

あのだんまりが吉と出るか凶と出るか、丁か半かと携帯をのぞきこんで、へたりこむ。

目をこすって鼻をすすって、出かけるしたくをする。

おちる

うしろで、スープが煮えている。湯気は窓にしずくをつくって、流れて、びしょびしょにしている。晴れたら、窓ふき。そう思っているのに、三日も降りつづく。

セロリとトマトの匂い、それから玉ねぎがあまい。にんにくや芋や、しめじ、月桂樹の香りは、もうひとまとまりになっている。

パセリ、セージ、ローズマリーと、タイムは入っていない。それほどの強い香りはないけれど、月桂樹の葉はかならず入れることになっている。子どものころからの習いで、はらりと一枚鍋に落とすとき、おまじないのような手つきになる。呪文は、教えない。いつか地面のあるところに住めたなら、かならず植えたい。

一月はいそぎ、二月は逃げる。バレンタインも、あっけなかった。買ったのは、板チョコ一枚きり。

アメ横で、子どものころかじっていたこげ茶の包み紙を見つけて、ぷいと買った。いまも百円もしないなんて。チョコレート、チョコレート。歌いながら、ひとごみに混ざった。

なんで、こんなに好きなんだろう。演歌みたいにうっかり真顔で考えそうになって、左右に目をそらす。好きなのは、チョッコレート。耳穴にいいきかせる。

薬、化粧品、スニーカーと運動着の山、ゴルフ、輸入のお菓子、コーヒー。かつぶしやのお兄さんが、おだしを飲ませてくれて、あったまる。磯辺焼きの匂いがしてくる。屋台は、おばさんからお兄さんにかわった。

イカが山になっている。プラスチックのざるから、半解凍の大量の透き通ったゲソが、だらだら垂れている。鮭とすじこ。鱈、かに。マグロのブロック。水びたしの道には、はらわたの匂いがしみて、日本は清潔といわれるけれど、ちっとも清潔ではない。けれども、すぐわきの屋台でもの食うひとびとは、幸せいっぱいだった。長靴のおじさんたちの塩辛声は、ことばのわからないひとなら、誘うより怒っているときこえる。

そのうえ、頭上に電車がとどろく。入りくんだ通路にまぎれたら、危険な武器の店にむくつけきひとだかりがあると知っている。スリだっているという。へんなものを、こっそり売るひともいるみたい。からっぽの買いものかご、財布だけにぎりしめる。こういう町が、すこやかと思いなおす。

平日の活気は、まえよりやせた。とりたてて必要なものがあるわけでもなく、行ったり来たり、のぼっておりて、ひととおり見てまわる。血がめぐる。全身が働いている。すこし汗ばみ、わけもなく笑いたくなる。山をのぼりはじめて、二十分して息がらくになるときのように、ひとつ抜けている。まったく対極の町で、精進潔斎の心もちになっている。

おしまいは、ガラクタ貿易。

この店の、アメリカのお香かろうそくなのか、そこに駄菓子やでなめたいちご飴もまぜたようなあまったるい匂いを嗅ぐのが好きで、おもてに出るときには、上着にも髪にもこの匂いがついているのがうれしい。

子どものころから通っているわけでもないし、日本じゅう世界じゅうにすばらしい市場商店街があるのに。たとえば、上野に出るのと築地にいくなら、築地のほうが近い。それでもあちらは、半年にいちどのぞくかどうか。アメ横は、週にいちどは行きたい。ちっとも飽きない。わくわくするほどではないけれど、もういいやとは思わない。

なんでこんなに好きなんだろう。これは、アメ横のこと。

いちばん会いたいのは、見しらぬまんまに別れる他人。そういう日がある。

みぎがわは、虫のかたち。したのほうは、虫の足という。虫は群れ集まっているから、混という字は、まざるという意味になる。

風邪をひいてぐうたらしている日は、字引きを開いてとじる。ひとつひいて、そのことば尻で浮かんだことばを、またひく。長椅子で、腹ばいになって、中学のころから使っている字引きで、ずっとおなじ遊びをしている。

高校の授業中に、たまふということばのとなりに、たまぶりぶりというのを見つけたときは、教室で笑い死ぬと思ったのだから、それなりにあの年ごろだった。絵もすばらしかった。翌朝腹筋が痛くなった。あれは、古語辞典だった。むかしのひとは、おもろいなあ。それで文学部にいってみるかと思った。

まじるは、ほかのものが、いっしょに入ること。

まじわるのほうは、互いに他方に入りこんだ位置関係。字引は冷静だな。

アメ横という町に、老若男女、ときおり犬猫鳩烏がいっしょに入って、ぜったい虫もねずみだっている。みんなで、おおきな文字を構成している。

まえは、ものを食べたり、靴をえらんだり、楽しそうにしているひとを見ると、うらやましくなってだれかに電話した。ビールをのんでカレーを食べて帰った。このごろは気みじかで、ひと待ちが面倒になった。ガード下で、餃子ひと皿、ビール一本。

まじわっても、いつかさめて、もういいやと思うかしら。入りこんだところから、尻をもじもじさせて、すぽんと抜け出るのかしら。抜け出たらさっぱりして、またあちこち動いて群れにまざるのかしら。ひとも虫もかわらないけど、虫は悩んでそうするのかしら。だいたい虫は、恋なんてするのかしら。まぐわう相手を、どうやって決めるんだろう。

こころも重力にひかれ、下へとまっすぐ動くのに、まじめな字引きは恋のたとえをひいていない。

知らざあいって、聞かせやしょう。あんたにだって、とめらりやしねえはなしだ。

ばたんと閉じた。世界のひとにはどうでもいいことが、世界でいちばんおそろしいなんて、ばかばかしい。ずいぶんへんてこになっている。

嫌われてしまうのはかなしい。それにもまして、さめてひらたくなってしまうのがおそろしい。いままで、どれだけさめたことかと、知れば知るほどそうなる。軽薄で早のみこみで、そのうえ浮気だってたのしいのだから、始末におえない。

いつだったか、みじかい話のなかで、おんなを書いた。こんなひとがいたら、友だちになりたいと思って書いたら、こういうひとは、おんなに嫌われるおんなの典型といわれた。

自由になりたくて、四方八方にじたばたするおんなを書いたつもりだった。自由はこわいものだから、慎重な女のひとは避けるべきことなのだろうか。あるいは、女のひとはもとより自由なので、じぶんよりほかにそれを願わないのかもしれない。ともかく、その奇妙な恋のはなしは、こわれたパソコンのなかに消滅した。

まえは蛇口を全開にしてバケツをあふれさせるような、鉄のフライパンを煙が出るほど熱したあげく、肉を放ってじゅうじゅう焼くようなもったいなさで好きになったものだったけれど、腹を切ったり鼻血を出しているうち、あんな元気は消えた。蛇口じたい、錆びてかたまって、動かない。すすけた火種は掃除をさぼって、つけるのがおっかない。

それで、ずっと気楽でいた。だれに会っても、だれとも会わなくてもいい。意固地になると、こころの目までゆがんで、好ましかったすべてがかすむ。さめてがっかりするのは、しんどい。おまえ、なにさま。親にいただいた目に腹をたてる。

そんなことに耐えられるとは、まるきり思えなかったのになあ。

考えたくないことを考えると、考えたくなくて眠たくなる。脳も、空気がたりないといっている。

　おおきなあくびをふたつして、他方には渡らず、境から逃げた。考えてもしょうがないじゃない、相手のあることだもの。悩む友だちに、よくいったことが、落下傘のようにあらわれる。びしょびしょの窓をのぞく。

　はなれてながめるうつつは、いつでもすべてが甘露。破綻、矛盾、清らかでも泥沼でも、すべてがほんとうなのだから。抜きさしならない覚悟で迫るひとは、つじつまをあわせる気なんて、さらさらない。

　神聖な真剣が煮える。草津の源泉をのぞきこんだときの、複雑な匂いと沈黙をめぐらせたり、文楽はみごとな恋の写実と、おかる勘平のプログラムをひっぱり出す。

　お人形のしろいお顔を見くらべ、しばし黙る。のるかそるか、いっそそれなら。

　にわかに思いつめて立ちあがると、こげた匂いがする。ふたをあけ、じゃあと水をそそぐ。あぶないところだった。なんでこんなに好きになったのか。それは、これから飲みはじめるビールのこととする。

　トマトはあかく溶けて、さいの目に切った野菜は油のつやをまとっている。しめじは、ぷっくり浮いている。

　まぜる。もういちどまぜる。こしょうを振って、かきまぜる。

　いろんなものが、いっしょに入っていて、見ているだけで楽しいのに、ここから手首をつかんでひっぱりだし、ふたりきり抜けだすなんて、そんなこと。
ひとさじ味をみた。
痛い味と、熱い味。
したのくちびるのまんなか、みるみるやけどがふくらむ。

かく

出かける。

駅までのさき、高級なモップみたいな犬が、ほこりだらけの道にもたもたいる。いまにも降りだしそうな、いつまでも寒い卯月日曜日。腕時計をしていない。

信号ふたつめで傘を開き、また歩き出すと、これから冬にむかうような錯覚をした。そして、そっちのほうがいいのに。くちをとがらせる。まだしろい息を見て、まあつぎの冬にむかって歩いているともいえるのだから。芽吹き、影が濃くなり、葉が熟れ、みな落ちてしまう。いままで習い覚えたとおりを待っていればいいのだから。若いころにくらべたら、ずいぶん春が好きになったのだから。

ゆるやかな、いまだけの匂いの坂をのぼる。

春、そういっちゃったら、おしまいさ。

桜、それを書いたら、かなわない。

文字は、いっぺんに納得させてしまう。ことばになってしまったら、それで安心してしまう。

匂い、表情、ぬくもり、気配、過去をふちどる影も消して、くまなくなぞってみると、声を持たないもののほうが、ずっと親しい。ばらばらの感覚を束ねていくときほど、生きものらしいときはないというのに、すぐ野性の遺産を忘れる。読めて書けて、どこにでも行けるとまちがえる。

……年をとるほど、せっかちになります。

朝のラジオの、八十四歳になるというひとの便りだった。

七時半。時計を忘れたのに、しょっちゅう手首をひねっている。勤めをやめて、ずっとしないでいたのに、この二年ほど、脈をとる必要にせまられて巻いている。そうしたら、その必要がなくなったのに、手が時計を恋しがる。ほんの二年やそこらで、からだじたい、なじんだ均衡があるのか、巻いていないとうまく歩けない感じもする。脳というのは、ずいぶん軽卒でものぐさ。その脳の六畳間には、書きかけの家族がもう一年以上住んで、ああでもないこうでもないと、こたつをかこんでいる。そのひとたちのせいで、脳はずっと冬のままになっている。

海にむかう快速は、四人掛けの旅列車。山と教会、ちいさな踏切をすぎた。高架からながめるいらかの波のところどころに、盛りの淡さが湧いている。いろんな花見を思い出しては、あのひともあのひともいない。

おととい、ずいぶんひさしぶりに履歴書を作った。まえに書いたのは、就職をする春だった。あれから増えたのは、就職と退職。住所もずいぶん変わった。大学のときの履歴書には、長所短所と性格をかくところがあった。背が高く志が低いです。猪突猛進です。あのころのほうが、よくわかっていた。いまは、ふりかえるのもいやなほどの、せっかち。

高台の団地の大木は、かすみか雲か。海はまだ見えない。夏みかんの木は、枝がしなって草むらに倒れこむほど実をつけている。かやぶき屋根のいい家がある。みんな小雨にくるまれている。息がふかくなり、手とペンは、車窓にたたずむ。

それで、そののち。

高校入学から、三年、つぎは四年と指を折って書いていって、勤めをやめたのが二〇〇五年だった。ことしで、独立して十年たっていた。

竹林、広場は、桃いろのちょうちんでかこまれ、バーベキューのしたくをするひとたちがいる。トンネル、トンネル。もうひとつトンネル。つらなる小山をうすじろく、ふっくら包む。卯月の空は、見渡すばかり。

山の木には、しばらく触っていない。あのうすい花びら、小声がさざめくようなつぼみの群れ。その色があつまったときに、ささやかに主張する香り。

若木一本も、ひとりじめに尽くせない。いくら花と桜とくりかえしてみても、追いつかない。だからみんな吸いよせられて、しゃかりきになるうち、かぐや姫のようにあれよあれよと逃げていく。すみれ、たんぽぽ、ははこぐさ。ほかの花は、ようやくほっとする。お寺さんを過ぎる。墓地に植えたひとは、やさしい。まだ海は見えてこない。

一時間ゆられて、ようやくサンドイッチをかじる。あんがい通勤のひとで混んで、食べそこねた。かじるあいだ、みじかい並木と広いテニスコートをながめた。

サンドイッチは、玉ねぎとキャベツを塩もみしてしぼり、お酢とさとうと油であえる。パンにマヨネーズとからしを塗って、薄切りきゅうりをはりつける。そこにキャベツをひろげて、またきゅうりをならべて、パンをかぶせる。みみは切らない。パンのみみをのこすのは、男のひとが多い。男のひとは、香菜を克服できないひとも多い。羊の肉とクスクスと高級なチョコレートのおいしさも、あんまりわからない。これは、独立十年ではかった統計。

なんで、みみなの。めはなもあるの。みみなしパンに、なみなみ歯型がついている。

乗ってきてむかいにすわった女のひとが、電話をかける。

……朝ごはん食べた、食べてないなら、牛丼買うよ。

日本語をじょうずにはなす。このひとは、暗いうちにどこかで働いてきたのかな。線路に並走する道に、牛丼の看板があった。オレンジの帽子をかぶったちいさなお地蔵さん。帽子を編んでかぶせたひとに、よろこびがありますように。

家庭菜園は、豆のつるとまるい葉、菜っぱの列。キャベツの外葉のあおさぬるさ。モンシロチョウのりんぷんは、レモンのようにさわやか、芋虫のみどりのふん。いろんな息。見ていなくても、きこえてほくほくした土の匂いがわかる。

女のひとがおりた。駅前で、ペコちゃんが流し目している。日帰り入浴の看板。あふれる文字のなかから、選んで見つけて読む文字たち。ああだこうだと試行錯誤をしているうちは、だめなのかもしれない。世界のどこかには、作為が及ばない場所があり、そこまで、かぼそい線をたどるように導かれているだけ。そんなのでいいのかもしれないなあ。羽がまたたき、りんぷんが散る。そんな光を想像するうちに、やっと見えた、海。

港までのバスのなかでは、おばあさんふたりといっしょだった。遺産相続のはなしをしている。そんな高い声で話したら、おれおれ詐欺に狙われてしまいますよ。運転手さんは、マイクでいってあげたらいいのに。

終点につくと、雨はふるふる。唄のとおりの城ケ島に、もやがかかっている。

三浦三崎でヨ　どんとうつ波はネ
可愛いお方のサ　度胸だめし　ダンチョネ
泣いてくれるなヨ　出船のときにゃネ
沖で櫓櫂がサ　手につかぬ　ダンチョネ
松になりたや　三崎の松にネ
のぼりくだりのサ　船を待つ　ダンチョネ

きょうはコンクールなので、およそ百人が、どんどんダンチョネ節を歌ってくださる。杖をついたちいさなおばあさんの、どこからこんな大声が出るんだろう。首をかしげ、頬にさわって、指輪を落としていることに気がつく。

電車のなかでは見た。とちゅうどこかで、はずれた。気に入って買ったのにな。先週は、公園がえりのどこかに、いちばん便利にしていた首巻きをなくした。

花発多風雨。人生足別離。たいていそのままあきらめるのに、お昼のつけめんの店、ふたつ、乗りついだバスの営業所、なつかしい中野ブロードウェイ、兄が学生のころ好きで通っていた静かな喫茶店と思いつくところはみんな電話をして、なかった。帰るときにはもう暗くて、きょうも指輪が見つからない。春に花に浮かされて、いつにもましてよそ見している。

つぎつぎ五十二人ぶんきいて、お昼をはさむ。午前さいごの出場者は、髪のまっしろな男のひとだった。遠くからいらしていた。

飛行機乗りにはヨ　娘はやれぬ
やれぬ娘はサ　いきたがる　ダンチョネ

戦時中、ダンチョネ節の旋律に、歌詞をかえて歌われていた。特攻隊節。歌うひとにはじめて会えた。歌い終えた方は、席にもどり牛乳を飲もうとされていた。

……ぼくが、学徒動員された電気会社の工場で、大学生のひとたちが歌ってた。いろんな大学の学生がいてね、これを歌って、教えてくれた。

牛乳びんを握ったまま、めがねごしの目を見開いてその工場を思い描く。瞳がみるまにうるんだ。そして、三崎には初めて来たんですとおっしゃった。

お昼休み。ポケットにペンと手をつっこむ。赤い靴の踊り子は、脱げなくなって大変だった。切り落とすことはないけれど、腱鞘炎は悪くなるばかり。腕をのばししびれる指をひらいて振って、はらう。

城ケ島に、きいろい船がわたっていく。利休鼠もほのかにしらむ。

それにしても、いちばんやせるのは、手。やせないのは、腹。あみものをしすぎても、指輪がするりはずれる。

夕方まで聴き続けようか迷いながら、めじなの煮つけと刺身定食。そこにビールを一杯つけてしまうと、まじめがやせる。じつは、午前の高年の部の予選がいちばん楽しみ。それがききたくて来たのだった。

ビールのコップをのぞきこみ、去りし十年に献杯する。ひとむかし、ひとまとめ。いろんなことがあったのに、にごりみたいにぷるんとのぞけない。あのころほしかったのは、ひとりきりでいられる部屋、たくさん仕事のできる町。

いまいちばんほしいものは、なくした指輪と首巻き。

午後は、うつらうつらと聴いた。帰りのバスでは、酔っぱらったおんなが、恋人にからんでいて、ちょっといい。中年女として、ひとの振りよくよく見ておく。

帰りの電車は、ふつうの長椅子でつまらない。部活がえりの学生であふれている。バドミントン、吹奏楽。おしゃべりで、窓はみるまに曇り、海と桜はしずくに溶けてガラスに降る。

鯛に平目にいか、めじなの煮もの。鯵の南蛮漬け。ずいぶんごちそうだったのに、干物一枚きりぶらさげている。

くすり指のたこが痛くなった。

ペンをかばんに入れるとき、したのほうに、まるく光っている。落としていなかった。

きる

はずす、とる。したも、そのしたもとる。冬だったら、まだまだつづく。かける、ぬたぐる、こする、指で、布で。かける、またぐ、つかる、つぶる。うめく、ちょっとうたう。あがる、ふく。くちぶえとあくび。のる、はかる、しかめる。かわかす、とかす。ぬりたくる、もむ。かぶる。はおる、とめておさめてはいてひっかけ、ひっぱる。目ざめて一時間、これでようやく、ブラウスとスカートになった。

ずいぶん遅れて、更衣をした。

毎年ながら、断腸の別れからはじまる。ブラウス、ワンピース、スカート、アロハ。ひと夏そればっかり。洗ってすぐ乾くから、連日おなじ格好でうれしい。あんまり好きで、木の葉落ちるころまで、セーターやカーディガン、毛糸のパンツまではいて、アロハを着ていたかった。日が遠くなって、洗たくもかわかない、長い雨になる。そうしてとうとう、また来年ね。お茶箱にしまった。

ふたたび緑の季節がめぐり、再会となる。色あせ、しみが浮きだし、へなへなになっている。かれこれ二十年も、そんなことしていたんだからね。布のしみも、皮膚とおなじで、あらわれるまでに時差がある。

おなじようなものがあれば、買いかえようと思って、見つからないまま。穴もあいてる。虫がいたのかもしれない。

花柄のスカート、くすんだピンクのブラウス、あおいワンピースは、母が縫ってくれた。ぼろぼろのTシャツ、てれんとしたアロハの、色あせた襟ぐり。

部屋の鏡によ、捨てどききけばね、それはおととしの夏だったたな、ダンチョネー。

歌って、ひきだしには入れなかった。

好きな服と思うと、夏服ばかりうかぶ。寒いころは着ぶくれて、印象がまざってしまう。

着ない服でまだ着られるものは、洗って束ねて、バザーと区役所の回収所に持っていく。もう着られないものは、床ぞうきんにして、捨てる。ああ、つらい。

好きな服を手ばなす悲しみは、消費と快楽が等しかった若いころには想像もつかないほど深くなった。


……これなんて、もう二十年も着てるなあ。

すそをひっぱる指を見る。

エスカレーターの一段うえ、鼻さきに、あおいこまかいギンガムチェックが近い。しろいシャツを着てるのも好きだった、きょうのはもっと好きだった。もうすこし暑くなると、ぺろんとTシャツになる。シャツの季節ねといった。

好みが似ているひととは、待ちあわせたらどこかの制服みたいになることがある。縦横のしまもよう、ズボンとスカートの色が、ベージュやカーキだったり。ギンガムチェックもよくあって、その日も黒白の千鳥格子のワンピースを着てしまったので、そばにいたひとは、きっと目がちかちかした。おもしろいのは、二段上に立っている知らないひとも、あおいギンガムチェックだった。

友人たちとのバザーも、もう十八回めとなった。こんなに続けられるのは、打ちあげでみんな飲むのがおもしろいからというほかに、服の好みが近いこともある。

……買ってなんとなく着なかったけど、スソさんなら似あいそうだから持ってきた。

こういう会話は、よくきこえている。

この、なんとなく着ないというのも、ふしぎなもの。

気にいって、試着して、日をおいてずいぶん悩んだ。そうやって買った。それなのに、着ない。着やすいし、好きな色だし、着てたらほめられたことだってあるのに、ひきだしの奥へおくへと押されていく。

あれは、なんだったんだろう。縁がないのか、着る器ではなかったのか。手にいれたときの喜びを思い出し鼓舞しても、だめだった。バザーのおかげで、そのなんとなくの縁の服もなくなった。いまは好きなものばかりになって、喜びにあっぷあっぷしているけれど、手放すときがつらい。明日からどうやって暮らしたらいいの。パンツ一丁で嘆く。

綿や麻は、あっというまに乾く。しまっていたスカートを洗って干してアイロンをかける。

思春期は、ズボンばっかりはいていて、惜しかったな。片岡球子の、夏服の女の子を見たときに思った。あのころは、服にも化粧にもからだにも興味がなかった。執着したのは、卵サンドとばってら寿司くらいだった。古着のジーンズに毛玉のセーター。はだかの輪郭はまったく思い出せない。それが、おばちゃんになって、こんなに明るくかるく、ふくらませるとは思わなかったな。

風にそよぐ。たてじま、チェック、レース。ピンクのシャツやズボンは見たことがないから、ピンクを着て会えばいいんだな。

ことしも、好きな服が着られてよかった。服が去るくらいならいいとしなければ。そうしてながめると、からだがあるほうが不思議になってくる。風に揺られているあれは、去年のいまごろ、夜中の東京で、清水の舞台から飛び降りたときのワンピース。

なにを着ていたかなんて、ほとんど覚えていない。写真を見せられると、こんな服持ってたかなと忘れている。それなのに、別れの席は、いつも黒い服。あのひとあのひとの喪服を思い出せるなか、ぐっすり眠るひとだけ、普段着で、へらへら笑ってる。

すけすけのTシャツだったり、サングラスだったり、首からタオルひっかけていたり、みんな夏のどこかにいる。天国というのは、きっと常夏なんだな、いいな。

この仕事が終わったら、前かけとスカート。これが落ちついたら、カーテンとぞうきん。直線一筋の裁縫をするのも、いつのまにか夏の仕事になっている。暑くて、刃をいれるのをためらうこともできないというのがいい。

ほどけば一本にもどる編みものとはちがう。とりかえしがつかないからと、気おくれしてたまっている布も、夏なら、えい、ままよ。はさみが入れられる。

デパートの注文服を縫っていた母も、高価な布を裁断するときは手が震えたといっていた。清水の舞台から羽をひろげ、町を抱えるような覚悟は、性にあわない。できないことならやりたくない。そういえば、母はこのあいだテレビを見て、バンジージャンプをやってみたいといって、やはりはさみのひとだなと思った。

裁縫一切を親まかせにしていたので、いまでもスカートや前かけ一枚、おそるおそるミシンを踏む。高い布は、尻ごみする。スカートは、わきをとじてしぼって、ボタンでとめる。ファスナーはつけられないので。ふろあがりの、あっぱっぱ。あとは、カーテンと風呂敷、テーブルクロス。さいわい、目くじらたてるお客はいない。

……だって、世のなかのものは、まっすぐ縫うだけなのに、ずいぶん高いんだもの。

へろへろ、ちどり足のミシン目で、えらそうなことをいう。

やっと、更衣も終えたので、はりきって山の湯にいった。

快速電車で、じりじりと東京が遠くなる。川口で映画のこと、上尾で高校野球。それから河川敷の広い、いい川を見た。あおい屋根の小屋。畑。それから大切な駅弁の相談を真剣にした。うわさ話をしないのがいい。

駅弁のおいしい高崎で乗りかえた。四人掛けの窓ぎわをゆずってくれたおばちゃんにも、のど飴ちゃんを配って、りっぱなおばちゃん姿を見られる。

こんどはバスで、年配の同窓会の一団と揺られた。そうして着いてみたら、部屋にこたつがある。全館暖房は、もう切ってしまっているかもしれません。演習中のバッジをつけた女の子が、困った顔をする。万が一に備えてもっていった首巻きをぐるぐる結ぶ。みるみる目のまわりがあおざめ、もぐりこんだ。

こんなに寒くて、ゆかたでぶらぶらしたら風邪ひくね。

ありったけの厚着をして、ちいさな湯の町に、夜のおさけを買いに出る。店には地酒がたくさんあるのに、店のひとがいない。帰ってくるのを待つあいだは、鳩を見ても、植木鉢にかがんでもうれしい。スマートボールをはじめてした。大粒のビー玉が、だらんがらんとめんどくさそうに出てくるのがおもしろい。

夕食まえにひとふろ、古い湯治場にも、大浴場、蒸し風呂、家族風呂、いろんなのがあった。食べて入って、うつらうつらして、また入るをくりかえすと、からだも熱を吸って、寒さにも慣れて、ゆかたで星をさがした。しめっぽい浴衣はもう肌と一体となって、着てても脱いでてもおんなじになる。

夜が明けて、目が覚める。そっと鼻をかむ。また着て脱いで、朝風呂につかった。

やわらかな湯につかる。足はゆらゆらと、指はふやけて、汗がにじむ。へだてた湯桶の音をきく。昨日歩いたとき、あちこちに、世のちり洗う温泉と書いてあった。なんだか、生きてるなと思う。きのうきょうと、びっくりするくらい生きてるなと気がついて、だれもいない女湯でふとももを揺らした。はだかで泣くと、とても軽い。赤ん坊というのは、もっとも勇敢な生きものだな。あんなにちいさくて、だれとも知らずに泣いているんだから。

帯をほどく、ゆかたを脱ぐ。着がえているかっこうが恥ずかしいのは、なぜかしら。高校生のころも、女の子ばっかりのなかでこそこそした。

そこからまた、つけてかぶって、はいて、はおってとめて、靴下、みぎ、左。みぎからはかないと縁起が悪いと教えてくれたのは、高校の同級生のだれだったっけ。だれの名まえも、等しく忘れた。力づくで忘れようとした気もする。

すっかり着がえて宿を出ると、まんじゅうを蒸かす湯気があまい。まだ昼まえなのに、はだかじたいを更衣したようだった。脱ぐために着ていた、浴衣のしめりけ。

かえる

電車から、屋根をながめる。

まったくおんなじ色かたち、箱につめたようにおさまっている。

酔ってたら、となりとか、ひとつうしろの道とか、あぶないなあ。タクシーの運転手さんがご苦労するほどたくさん、一ダースよりあるけど、きっとそんなことはめったにない。かたちがおんなじほど、差異は明らかになる。そして、酔っているときはことさら。

人間は海から来た。そんなことは忘れてしまったけれど、深夜の酔っぱらいときたら、鮭ほどの必死さで、家に帰りたくなる。大海から生まれた上流のせせらぎまで、どうしても戻りたい。深夜料金のタクシーで、高速道路を飛ばして。ぼろぼろの胃と肌と、くしゃくしゃの服で、川を渡って。

明日があるからといいはって帰ろうとするけれど、もうすっかりその明日になっているのだから、そのまま出社してしまえばいいのに、時計にずいぶん遅れてでも線をひきたかった。タクシーから見る大川荒川江戸川の朝焼けは、いまも忘れられない。

ちょっと眠って、着がえて出かける。まぶしい一日の仲間に入れるのは、会社に定時という約束があったおかげだった。睡眠時間でダーツをつまめば、なんとかなる。あれも若さ。

勤めていたころは、直帰があって、あれもほんとうにうれしいものだった。しばられていると思っている時間に、守られていた。まとわりついていると思っていた朝昼晩、鍋のくずきりみたいに、ほどけて沈み、溶けて、消えた。

いまだって、夜中まで飲んだり、旅の湯で、すっぽんぽんで、ぼう然と朝焼けを見てしまったりは続いているけれど、帳尻はまったくあわなくなった。

あたらしい一日が動くのは午後、さらにいえば、帰る日をのばすこともしばしば。無理に帰らなくてもいいか。ふとかすめた瞬間に、帰ろうとしていた足がとまる。気がかわる。

明日は、明日の風が吹きますように。ただそれだけ、帰巣本能がぶっこわれて、どのくらいになったのかも忘れた。

そろそろ帰るね。

いわれるとさびしい。さびしいので、帰らなくて大丈夫と、先まわりしてききたくなる。それをこらえて、帰ろうかといってしまって、身をよじる。しょんぼりするならいっそ会わなきゃいいのに、そういうわけにもいかない。どうしてこんなに気が弱いものだろう。年下のいじわるな女の子に泣かされていたころとおんなじ。綿あめのような夕雲に、上目づかいになる。

駅まで五分駆けた。とちゅうで、なじみのイケメンイタリアンのお兄さんに笑われた。交差点も走って、ぜいぜい喫茶店に入りながら、四十七も、あんがい走れるものとおどろく。

コーヒー飲んで、おみやげのどら焼き買って、はいって渡して、ちょっと指をくっつけて、じゃあね。

改札だったり、乗換口だったり。地下鉄の階段だったり。ふらひらっと手をふって、ごちゃまぜにまぎれていく。見えなくなったとたんに、さあ、デパートのぞいてみようか。いつも、つぎの行き先は、なぜかすぐきまる。数秒まえのせつないつまらないは、引きだしにすとんとしまわれる。あんなしょんぼり、自作自演でだまされているんじゃないかと思う。

それで、高くて買えないブティックを観賞していると、いま帰りました。律儀な知らせを見て、帰りそびれているんだなと気がつく。引きだしにしまわずに、ちゃんと抱えて帰ればよかったのに、意気地がない。長い夜は、そのようにして始まる。

こんなだらしのないより道を四半世紀も続けていると、さすがに飽きてくる。のみすぎたり、ひとに会いすぎると、かえって渇く。

真夏の夜道、タクシーはすべるように、すべての信号を青で抜けた。明けがた、放っていた部屋を見渡し、ほこりをかぶった扇風機の羽を洗った。すずしい風が首をまわして、ようやくただいま。

一年も、もう半分がすぎている。

……いたひとがいなくなると。さびしいものだよ。

友人の親御さんの訃報を伝えると、母はそういって友だちを案じた。

長く介護をしたおばあさん。ずっと暮した猫たち。この春は、父親を早く亡くした母を、娘同様にかわいがってくれた大叔父さんも亡くなってしまった。いまはただ、よく話をきくのがいいよ。いろんなひとを思い出している声でいう。

いたひとがいなくなることほど、おそろしいことはない。なんど経験しても、あらかじめそのようすを想像していても、じっさいの時間はかるがる越えてしまう。

声が出なくなるほど泣く。眠れない、みるみるやせる。

もう会えない。こころ細さ、さびしさ、つらさ。けれども、それはみんな生きているものの見かたであって、亡くなったひとは、すっかり手ばなしている。自然を責められないし、どうにもならない。

すこし慣れたと思うのは、生きているうち、別れと薄情だけは、くりかえされていると知った。泣く時間が短くなっていって、いつまでも泣いてたら天で心配されるなんていいわけをして、ひとなかにもどっていける。その薄情を後ろめたく思ったことも、二日もたたず忘れる。

その回復は、いつでも金魚の骨を思い出す。

お祭りですくった金魚が死んだ。学校から帰ったら、鉢から飛び出していた。いちばん元気のいいのを選んだのが、失敗だった。悲しいとは思わなかったのは、だれとも死に別れたことがなかったから。

埋めてきなさいといわれて、ちり紙でくるんで裏庭に埋めた。小石でかこんで、大きい石も置いた。墓らしくした。

目印なんて、置かなければよかった。おとなになれば悔いたけれど。

それからは、毎日、気になって気になって見にいく。ついにどうなっているかと掘りおこし、ちり紙をそっとはがした。金赤ににじむからだが、すこし熟《な》れている。そのまま埋めておくと、翌日、ほんとうにちいさな蟻がたかった。

思い出したり忘れたりして見ていくと、細いしろいきれいな骨になっていって、ふうんと思った。マザー・グースはもう読んでいた。だれにもいわなかった。晩ごはんの魚の骨とむすびつけて考えもしなかった。

明け方の道は、もうもどらなくてもいい闇。眠りにつけば、土になじむ。ほんとうの部屋は、ひんやりといい匂い。あとは、土にきれいにしてもらう。


このひと月は、旅から旅から旅で、帰れば洗濯ばかりしていた。

京都の針やさんでは、友だちにみやげを買った。

気さくなだんなさんと話がはずむ。折れた針、どうされてますときかれた。

この三年ほどは、編みもの教室の針供養で、こんにゃくに刺せる。

……紙にくるんで、土を掘って埋めてください。そうすると、錆びて土に還ります。皆さん、捨てかたに苦労してはるみたいで。

たしかに、針供養が身ぢかになるまえは、紙にくるんでアルミホイルにくるんで、荷造りのぷちぷちにくるんで、針キケンとあかいマジックで書いて、燃えないゴミの日に出した。どこまでやっても心配で、はさみや包丁にいたっては、不要となっても捨てられなくてこまる。針は細いから、あんがいすぐに土にもどるのだろうか。土器は出てくるけれど、土と焼いた土はなじめないのか。針は出土しないのだろうか。

けさは、そのとき買った針をもって、てるてる坊主を作った。

外で仕事をするときいて、天気が心配だったので、ぶらさげておく。たしか、十年まえの花見前夜に作っていらい。

はしぎれでまるめた綿をくるんで、ピンクの刺しゅう糸で縫い縮め、結ぶ。目とくち。ほっぺたを赤く塗った。

窓にぶらさげると、もじもじとまわる。気弱そうだけど、おてんとうさまにいばっては、ばちがあたるので、よしとする。

明け方のしろばらは、目が覚めてすぐに、水切りをしなおして、きれいに開いている。親切なお店で、いつも名札をくれる。

今週は、アヴァランチエ。

どこの国の名まえかもわからないので、字引をひいたら、なだれ。びっくりした。

大輪にしては、葉っぱがちいさい。花は、白の深い、むかしながらの密度とかたち。

いま、うなっている扇風機よりさらにほこりまみれなのは換気扇で、これは半年にいちど、あぶらがでらでらになったのを洗うのが楽しい。粉のせっけんを振って、ぼろ布で拭く。ほぼ落としてから、もういちどせっけんで洗う。
水無月の夏越しの祓いする人の千歳のいのち延ぶといふなり
台所も、もう夏が来る。

おす

地上からは見えないけれど、雲のうえにはある。毎年見えないのは、年にいちどのだいじな逢瀬なのだから、大ぐちあけて見あげている下界のあほうなんかにのぞかれたくない。

夕方の喫茶店には、おおきな窓があって、雨はすこしまえにやんでいる。ひとの歩くはやさは、その町の鼓動。青山は、東京のなかでもはやいほう。けれど、ラッシュの駅のように、ひとかたまりとまではなっていない。ひとりひとり、ほどけてくつろぎ、そのひとを捨てずに歩いている。信号がかわって、似ているひとを見つける。あのひともあのひとも、もう天の川のほとりにいる。見えないけれど、あるところ。

一年の峠で息がきれて、ただぼんやり雲を見て日がすぎる。

ちょっとおなかが痛い。半月ほど続いている。のたうちまわるようならば、すぐに病院に行くけれど、どこが痛いか示せない。ここかと押してみると、ここじゃない。左からみぎに、鈍く逃げた。感じ方も一様ではない。へその緒をひっぱられるようにつれたり、薄墨一滴にじむようだったり、冷水がすっと走るようだったり。ちいさなお魚でもすみついたのか。そうだったら楽しいけど。

いずれにしても、このあいだ健康診断をしたばかりなので、たいしたことはないはずだった。畑も雨が続くと根ぐされする。からだにもそんなものがある。風邪もひいていたから、なにかの菌が入った。それで、様子をみている。

よこになり、へそに両掌をのせて、目をとじて、痛みをきく。

女の腹痛なら、ふたとおりの発生地を考える。痛みというものに慣れもある。

男のひとは、痛いとなったらすぐさま消化器の病気となるんだなあ。そっちのほうが、ずっとおっかない。子宮や卵巣が入っていないのに、おじさんたちのおなかがぽんと出張るのはどうしてなんだろう。

それで、東北の真冬、猛吹雪の魚市場を思い出す。

大荒れで、船の出ない日だった。きのう水揚げしたおおきな鱈がならんでいた。

海の深さを見てきたからだたち。

雄の値段は、雌の倍もする。白子が入っているから。

白子というのは、精巣だったか。白い脳みそみたいな、あんなのがおなかに入っていたら、重たいなあ。人間のは、どんなかたちだったか、保健体育で習ったはずなのに、精巣のかたちは浮かばない。卵巣と対の名と、いま気づく。

長靴の足音、ごうごうの風に、血潮の匂いがまざっている。なに見てきたの。まだあおく澄んでいる目玉を、ひとつずつのぞきこむ。女は子宮で考えるというけれど、そんなら男のひとは精巣で、考えるのかしら。だから白子は、脳に似てるのかしら。

女と名まえがついてから、べつの頁の生きもののように暮らし、日ごろは雌だなんて自覚しない。すっかり忘れて笑っている。

鱈は、全身ぬめぬめと光って、そのぬめぬめで敵から仲間から傷から、自力で守っていた。あんなおおきな魚がひしめきあっている海は、青山のひとよりせわしないかもしれない。袖をたくしあげ、耳のとなりの水音をかきまぜる。


ぼこんぼこん、ごぽんごぽん。耳をふさぐ水圧。常磐ハワイアンセンター。あれはおそらく人生最初の旅だった。記念写真を見ると、まだ赤ん坊みたいな服を着ている。それでも滑り台にはのぼれた。

はだかんぼうは、のぼる。眼下には、ひろびろとお風呂だった。はだかのお母さん、知ってるおばさんたちもいた。

そのまま、つーるるーとすべって、傾斜さなかにころがって、勢いのままどぼんと沈んだ。ぬるくて重い湯で、世界ぐるぐるとまわる。それは生まれるときに近い正念場で、はじける泡のひとつひとつ、お湯の色、浴槽の輪郭、なにもかもはっきり見えた。息がつまり、鼻がつんとする。ぐるんぐるんがとまらない。つかむものもない。もがいても、だれかの尻が遠くに見えるだけ。うすみどりの水中に、沈みながらころがって、風呂のふちがぶつかった。

瀬戸際から浮上して、びっくりして声も出せずにいた。湯をかきわけ母にしがみつく。

……あら、どうしたの。

抱きあげられ、箱みたいな黄金風呂につかった。

道で死んだ犬を見たこと。たかっている緑の蝿が光ってきれいだった。おぼれかけたり、ジャングルジムから落ちたり、自転車で植えこみにつっこんだ。たくさんの虫や花をころし、ひとの子どももぶったり蹴ったりした。思えば、子どものまわりのほうが死に近い。死ぬか生きるか。大人は日々の雑用にからめとられているけれど、ちいさいひとたちは、食べること寝ること、たのしい遊びの時間でさえ、生と死、その流水のにおいを感じている。すくなくとも、いまよりずっと、必死でいる。

文楽の心中ものを見ていても、なんとあっさり死ぬことか。ちょっと待ちなさいとひきとめたくなるけれど、ほんとうは、もう失ってしまったそのあどけなさ、一途さに魅せられ身をのりだしている。お人形は、あれよあれよと刺したり突いたり飛びこんだり。これまでの一切をうっちゃる。なにより来世を信じて疑わないので、うらやましい。死んでやると泣いても、生きてやると泣くひとはすくない。生はいつの世も、うわの空に浮いている。

年をとれば、時計は死に近くなるけれど、むしろ実感は遠のいているのかもしれない。お年寄りむきの上手な死にかたの本がどんどん出ているのをみても、年をとっても死に方にとまどう。みんな、生まれてはじめてのことなのだから。

はだかんぼうでおぼれていたころは、死ぬことにも生まれることにも、おなじくらいのやわらかい無知でいられた。あのころ住んでいた家は、雨がふると屋根がばらばらと鳴ってうるさかった。寝かされていた部屋から縁側に出ると、くみとりのお便所があった。積み木を握っていた。雨降り、部屋は薄暗くてしめっている。床の間には、兄が飼っていたお蚕さんが、さんさんと桑の葉っぱを食んでいた。

ここが山で、ここは川。

ばらばら、さんさん。

ここがおうち。

畳には、人形もすわっていたのかもしれない。

おうちといっても、ただ積み木を置いている。門も屋根も作れない。ただ配置として、木片を置いているときだった。

ぞーさんぞーさんと歌えるようになったばかり、ぞーさんは見たこともなく、まだ文字も知らない子どもは、積み木を握ってふわりと納得した。

こういうふうにできたんだな、この世界は。

知らずに握らされた天地創造の実感は、そののちもときおり、小学校に入るころまであらわれた。図工の時間、砂場、木のぼり、神がみはいろんな仕事をしていると教えてもらったものだった。

穴を掘る。粘土をまるめる。すこし名を覚えて、それを作ったのは会ったこともない神さまなんだと知ったけれど、そのことはひとりきりの秘密とした。話しても、わかちあえないんだろう。おぼれたのに、だれも気づかなかったように。そう思っていた。じつはいまもすこしだけそう思っていて、きょうまでだまっていた。こういうのも信仰かもしれない。いくつかの長年の秘密は、ときおり扇子のようにぱたぱたとひらいて風をまぶしておく。ばらしてしまったから、ばちがあたるかなあ。神さまは、もうよそにいかれたかなあ。

あかん坊は、からだいっぱいに予言をつめて生まれてくるのだろうか。それなら、ことばは、覚えるというよりも、再会に近い。あのとき知っていたことは、こういえばいいんだ。ひとつひとつ、飲みこんで、声にしていく。へその緒のまわりの痛みは、のみこみすぎたことばの根ぐされみたいなものと思う。

それにしても、町に出て喫茶店にはいるなんて、めったにしない。びっくりして駆けこんだ。ビルのおおきなドアに、指をはさまれた。さきにでた女のひとが、うしろ手に、予想外の力で、扉を押し返した。その速さ重さ、力をこめたそのひとの感情にのみこまれ、指をはさんだ。息がとまった。とっさに握りこぶしを作ってしゃがんだら、つぎにいた男のひとが、つんのめりながらも、大丈夫ですか。立つのを待って、ドアをあけてくれた。痛くてはずかしくて、わきにあったここに逃げこんだ。

これより痛いのは、神宮で飯田のファウルボールにぶつかったぐらい。

爪は割れていない。ひとさし指に小豆をならべたような血豆ができた。赤から紫、そしてみるみる黒くなるのを見ていたら、ひとさし指の爪は、あの懐かしいお蚕さんの顔とそっくりになった。

この顔が消えるころには、もう正月の話なんてしている。

ひく

ひとさし指の第一関節まで。土に穴をあける。習ったときより指は伸びたけど、まあいいや。ぽとんと落した。

双葉は、あんがいすぐに出た。そこから長い梅雨があって、気をもんだ。ことしは根ぐされしちゃったというひともいた。そして猛暑がきた。伸びた、あれよ。本葉が出て二週間で、背たけを越えた。体温より高い気温、のぼせたように、空へ宙へ。じっと見ていたら伸びるようすがわかるんじゃないかしら。洗濯を干すたび、しゃがんだ。

うちの朝顔。二本のつるをのばしている。

あかい紫とあおい紫、どちらも散歩のとちゅう、どこかの金網にからまっていたのをつまんでおいた種だった。つるたちは、相談しているみたいに、毎日交互にひとつ咲く。けさは、あおいほうだった。手のひらほどの大輪で、うすい花弁は風にやわらかく震える。あんなちいさなつぼみに、よくこんな花がたたまれている。

ちょうちょみたい。こんな色のスカートなら、すてきだな。花心をのぞきこむのは、助平な感じで、ついひと目をたしかめた。トロンボーンのらっぱのところを、朝顔管という。学生のころは、夏休みじゅう、金の朝顔を左の肩にのせていた。

目が覚めると、えいやと布団をしょって、枕をふたつ抱える。寝床には、ふたつ枕をならべて、そのあいだに顔をうずめて、腹ばいになる。猛暑もありがたいと思えるように、朝一番にそとに干す。敷布も洗う。今夜もさらさらにばったり寝られると思えばよく働けるもので、睡眠こそからだのほうびとわかる。

そうして、きょうもたんたんとのびている朝顔に、おはよう。

声は出さない。ことばなんて通じないから。葉に触れながら、いろいろ黙って、水をやる。車の音、室外機のうなりにかこまれ、ばしゃばしゃまいて、見あげる。みーんな打ち明けた。足が軽い。

だいそれた秘密はないけれど、ささやかな内緒ごとをためこむ。メールで、電話で、きかなくていいうわさを知ると、暑さでうかつに、あほうになってしゃべるのがおそろしい。そういうときにかぎって、予定が混む。そして、会いたいひとに会えない。このあいだそういったら、会えるときに会えばいいといわれ、一方通行の行きどまり。うなだれた。

きのうの、あんなに燃えていた夕空、けさの、こんなにりっぱに咲いた朝顔。ひとりじめというのは、さびしいんだ。それでことばがある。いつだったか、長野の山の尾根、電波も手まえで置いてきぼりにした。かこむ山々が雪岩の冠だったときもそうだった。そして文字が書けてよかったと思った。

あんなに幸福だった海は、つい先週だった。

朝顔に水をやって、見ないまま枯れた先週の花殻をむしる。それから水浴びして昼寝したら、きりりと痛い。それみたことか。しばらくビールはおあずけになってしまった。

暦の網をくぐりぬけ、海を見にいった。

午後の電車は、海水浴にいくには出遅れていた。揺られながら、うちの朝顔はいまごろしぼんで、またつるをのばしている。うれしくて早起きしすぎた。水をやったころは、まだ開いていなかった。きょうは、見のがしがちのあか紫の番だった。うしろ髪が東京のほうにたなびくと、空が広くなった。とおくの水平線が、つぎの駅、また次の駅と近づいてくる。木をかきまぜる風が光る。岩肌が見えた。そして、駅は、海岸の名がついていた。

ひと晩酔っぱらって、翌朝は港から、目のまえの島に渡った。渡し賃は三百円。船底のエンジンで、お尻がしびれると思ったらすぐ着いた。

……帰るときは、そこのボタン押して。迎えにくるから。

日焼けしきった船長さんの、しろく乾いた髪。海を見て、船に乗るのがあたりまえのひとと話した。そう思うだけで、しばらくよく眠れる。

台風のあとで、ときどき帽子が飛んだ。雨の名所は、人類の想像を超えるほどの快晴で、肩がいりいり焼ける。とおくの入道雲はむくむくと、白熊たちの劇のようだった。

潮のひいたリアスの磯にしゃがむ。潮のひいた岩のくぼみに、いろんな生きものがいる。ちいさな魚、貝、石のかげに蟹もいる。神さまは、こんなちいさな水たまりも、おもしろがって見ているのだろうか。しゃがんでふりむくと、地平線が斜めになる。

まえの晩、港はお祭だった。

くろいお獅子とお神輿が、家々をめぐる。かつぐひとたちは、寿ぎの木遣り歌に声をそろえる。晩になっての宮入りは、お獅子が鳥居をくぐろうとするたび、みんなで力を合わせてからだをひっぱって抗う。年にいちどのお祭りなのだから、すぐに帰すわけにはいかない。お獅子が入らなければ、お神輿ももどれない。参道はひとにあふれ、最高潮の熱がうずまく。

あおいあおい太平洋に尻をむけて、くぼみをのぞく。夏のまんなかでほうけると、いろんなことを黙って見ているしかない。ちいさなころのようだった。そして、きのうのお祭もずっとむかしに思える。時間が逆にまわりきって、あの雪国で、鼻水たらしてそり遊びをしていたころ、きょうまでのぜんぶをもう知っていたように思えてくる。

ぜんぶむかしになる。いいきかせて、奥歯をかんで。そしていまものたうちまわっている時間。みんなひとりじめのものだった。はじめて目があったのも、夏の盛りだったなあ。一日慣れない町を歩いて、ぼさぼさのすっぴんだった。あのうすらぼんやりを、はたいてやりたい。泣く、笑う、だまる。どれもほんとうにへたくそになった。

暑さは、ことばをなえさせる。服従とは、この弱腰か。それでもだまっていても、汗は流れ、声にしないことばはパン生地のように膨らむので、苦手な読書にさえ逃げていける。本がはかどり、音楽が澄む。そういうときは、どこかが傷んでいる。くたびれている。夏は、そのみんな、暑さのせいにできる。

もじゃもじゃの茂みの足もとに、浜昼顔が咲いていた。きょうはもう水やりをしてやれない。きょうも咲いたはずの朝顔。

旅に出ると、畑が玄関先の花がゆたかでうらやましい。遠くないときは、露地栽培のひと束を抱えて帰るときもある。根を切ってもらって、ぬらしたハンカチを巻いて、新聞紙でくるむ。毎日水をかえれば、一週間は咲いている。部屋にちがう生きものの息があり、視線にちかい気配を感じるのは、ひとり住まいの行儀の悪さをいささかいさめる効果もある。

そして、一週間で枯れていくくりかえしに、もうぜんぶ見てしまった、ぜんぶにすっかり飽きてしまったと思いたくなるときがある。それはまだ、人生を長いと思っているからで、いつかのおそろしい足音をだいぶ忘れている。忘れないように、そうじをして、布団を干して、よく眠る。

朝になれば、まだ見ていない花が咲くのだから。

みぞおちは、しくしく響く。けさは、いくらかよくなって、そうめん、トマト、ものたりない昼をデザートのメロンで一発逆転して、あちいあちいとくちにする。朝顔は、もうしぼんでいる。

まだちょっと痛い。

へそをおさえたら、親切なひとが、撫でてくれた。あったかくて、やわらかくて、へなへな笑っちゃうほどいい気もち。あばら骨が、開いていく。

そうだった。夏休み、気まぐれに撫でると、猫たちのからだは、アコーディオンのじゃばらみたいにどんどん長くのびていった。飽きず、さすってくれる。これはあのときの猫の恩返しなのかしら。猫にはできたのに、ひとにはしてこなかったな。おばあさんが寝ついても、せいぜい手や背や腰をこするくらいだった。ひとのおなかにさわるのは、背や手よりおっかなびっくり。この手は、冷静。

へそのまわりが、同心円状にあたたまり、ちきちきつついていた脈がひいていく。うれしくて、あたたかくて、さびしくて、目をつむる。

月は、また満ちていく。腹は、痛くなったり、なおったり。やることは、まだまだある。そろそろ洗濯ものと布団をとりこむ。

さかなや、蟹たち。岩と砂とおなじ色の濃淡で、水墨画のようだった。潮が満ちて、くぼみがあふれて、どこかに運ばれたかしら。

へその緒は、いろんな生きものの消息を追いかける。

耳は、せみの声ばかり数えているけれど。

とぶ

もう一週間も雨がつづいている、鴨居は、半ズボンやスリップや浴衣やワンピースや長靴下と寝巻きがぶらさがって、どこかの楽屋みたいになっている。

扇風機をまわすと、いくらか乾きがよくなる。シーツやハンカチは、生乾きにアイロンをかけて、ひと晩椅子の背にひっかけておく。服の選びかたも、乾きやすさが優先となって、肌寒い朝なのに、うすくてひらひらした格好をして、毛糸のカーディガンをはおって、こういうおしゃれもあるのかもしれない、鏡をのぞく。そのうち湿度があがって、脱いだり着たりと忙しい。立秋とともに、ぱたんと涼しい。へんてこな夏の終わり。

扇風機のこまるのは、すぐにほこりがつく。分解して、洗って。面倒とそのままにすれば、ほこりをまきちらす。この多湿の部屋にも、静電気はひそんでいる。

はずして流しに運び、花環のようになったあおい羽に水をかけ、ぼろ布で拭く。ベランダに出して、かわかす。ほんとうは、台所の換気扇も洗ってしまいたいけど、もうすこし我慢する。油でぎらぎらになっているのをすっきりぬぐいたい。子どものころびっくりしたコマーシャルのとおりをやるのがおもしろい。

水滴のはねた羽におもてのたよりない光が反射して、壁がちょっとあおく染まった。

このあいだ、ビルのすきまで、鳩が雨やどりをしていた。ちいさなからだに、雨のしずくはおおきく重くしみていく。気の毒なほどずぶぬれで、羽をすぼめ、身はふくらませ、きっと寒かった。ひとりで黙って、一点見すえて、ハンフリー・ボガードみたいだった。

近くで見かける鳩たちは、虹に灰をまぶしたような羽をはやしている。夕方の公園で遊んでいた男の子たちは、せみや蝶ちょやとんぼを捕まえては、羽をむしって投げつけていた。ちいさな生きものは、羽を失った身をよじらせ、しずかに動かなくなる。絹糸より細い触角、レンズのような目、指にかみついたのは、若草いろのかまきり。

あおいお空を見ることができなくなった虫たちを、じっと見ていた気がするけど、きっとおなじようなことをした。あの、ぷちと離れる感触を知っているから。いまだって、草をちぎり、花を摘み、肉を裂き、魚の腹をひらく。

ほとほと罪深いけれど、動植物のほうもしたたかで、鈍くて腹だたしいときがある。とんぼも猫もせみも、池のほとりで、あおいお空のした、せっせと交尾していた。すずめにいたっては、うちの窓の手すりで、かけひきしながらのつかってみせる。町なかで、動物園で。盗み見していると、生きものたちのまじわりは、単調で、すばやい。それで、だいじょうぶなの。心配になる。さる山のオスとメスも、工夫をしているのを見たことがない。ぴゅっとしたものだった。そして、したことを忘れたように。またくっつく。ひとは、闇のなかでこそこそ研究して、四十八通りも考えた。けれど、羽がないから、とんぼのように空中技はない。耳のなかは、風がぼうぼうするかしら。スピードに総毛立ちそう。

……見てるんだけど、さっきからここで。

すぐわきで、洗濯を干していても、すずめはぜんぜんやめなかった。

夏は、図書館に通う。席をふさいで編みものをするわけにもいかず、児童室のちいさな椅子にすわって、ケストナー少年文学全集をはしから読んでみる。

エーミールと探偵たち、動物会議、点子ちゃんとアントン、ふたりのロッテ。再会もあったし、はじめて読む巻もある。

子どもの本は、物語のなかの空気がしろくて澄んでいるから、読む、読んだ、刻まれた、飲みこんでおさまると、はっきり感じられる。ケストナーの物語のいいところは、子どもたちの生活がとても現実的だった。

ふたごは、離婚した夫婦にそれぞれ引きとられ、はなれて暮らしていた。エーミールのお母さんは、自宅で美容師をしていて忙しい。アントンのお母さんは、病みあがり。お金持ちの点子ちゃんは、さびしい思いをしている。ちいさな男の子が、ジャガイモをゆで、卵を焼く。

飛ぶ教室は、池内紀さんが翻訳された文庫本が手もとにあり、読みくらべができた。いろんな宿題をぐずぐず積みあげて、クリスマスの物語を真夏に読む。オーストラリアのクリスマスは、こんな感じと思う。

読みきれなかったら、借りる。やさしい子どもたちの物語を抱えて歩くと、草の匂いが恋しくなって、原っぱのある公園に寄る。この夏も、ずいぶん蚊にさされた。

……トーサン、カニニササレタ。

……こうくん、カニニじゃないよ、蚊にさされた。

お父さんが、ちいさな男の子に教えていた。まえにも聞いたことのある会話だった。カニは、あかくてはさみ持ってるでしょう。これは、カニササレタでいいの。日本語を話しはじめたちいさなひとは、一音の名まえが、飲みこめない。カニ、カニニ。カニ、カニササレタ。小声でくりかえす。

ひと文字名まえの生きものは、鵜とか、藻。蚊と鵜と藻なら、水辺のものがたり。

ぼんやりするうちたくさん刺されて、ふくらはぎがふくれあがると息がはやくなる。かゆくて、腹もたってくる。

ぺちっ、ぱん。

むかしの仕返しどころか、いまだってなんの迷いもなく叩きつぶして、吸ったはずの血を見られないとがっかりしたりする。夏が来るほど生きるほど、善きものから遠くなる。まったくこれでは、なんのために学校にいって勉強なんてしたのか、わからない。

おおきくなったら、なんになる。さっきのお父さんは、プロポーズより慎重に聞いていた。ちいさなこうくんは、キューキューシャになるといった。

おおきくなったらなんになる。年にいちどはきかれた。作文も書いた。

婦人警官かバスガイドか看護婦さん。帽子が好きだから。そう書いた。やさしい担任の先生は、帽子もすてきですが、どんなお仕事なのかを調べてみましょうとあかいペンで書いてくださった。

夢の進路はつぎつぎ更新され、なにひとつかなわなかったけれど、いちどもお嫁さんと書かなかった。ドレスは、あんなにきれいだったのに。キューキューシャもしろい。ひとでないものにあこがれたのは、白鳥ぐらい。

……白鳥のお姫さまは、そんなお行儀の悪いことしませんよ。

先生にいわれると、あちこちにのばした足を閉じ、一番の足で立った。プレパラシオン。子どものくせに身体がかたくて、いつまでもうまくならなかったけど、背のたかいぶん跳ねるとぴょんと飛び出す。それで、うさぎの役をもらった。ピンクのタイツ。ピンクの衣装のお尻には、しろいまるいボンボンが縫いつけてあった。

グリッサード、アッサンブレ、シャンジュマン、シャンジュマン、グリッサード、ジュテ、アッサンブレ。クッペ、パ・ド・ブーレ、シソンヌ、シュ・ス。アームスはこのとき、アン・オー。

いまとなっては、念仏のようになった。ひとのいないところでとなえながら、ときどき遊ぶ。朝の公園、深夜の道。影踏みをしているような、虫に逃げまどっているような、ぎこちない足をながめる。

冷房にあたりすぎて手足がつめたいときは、飛ぶとなおる。十回もはねればすぐに汗ばむ。このあいだ、大阪にいく新幹線でもこっそりやりながら、感性の法則をつくづくながめた。

通路でぴょん。その一秒も、ぐうぐう寝ている八十キロはあるおじさんも、同時に、目にもとまらぬはやさで疾走する列車にふりおとされずについていっている。見えない力に支えられて、それぞれに踊りまわるように生きている。はてもないことと、ドアに顔をくっつけた。往きも帰りも富士山は見えなかった。

手帳がうまると、おなじひとにおなじ話をしたり、会話のとちゅうで話題を変えたり、話のとちゅうで結論が見えなくなったりしてくる。いいたくないことを、ぱくぱくしゃべる。ほこりまみれの機械のように、迷惑をまき散らす。

話とぶけど。賢いひとなら、そう切りかえて話すけれど、打ち切っている自覚がない。酔えばもっと、ぐいと割り込んでいる。あとになって、くよくよする日が増えたので、二回めにいったとき、教えてね。よくよく頼んでみたけれど、やさしいひとはきっと教えない。それで、きょうは話したいことだけ話してみるといった。

……いいよ、どうぞ。

子どもじみた宣言を、きいてもらえてうれしい。こういううれしさをもらうと、どんな贈りものもかなわない。

空、あおいね。洗濯干したから、雨降らないといいけど。朝の素麺は、しゃんとする。九州のも、揖保の糸も、それぞれおいしい。

くちに出すまえに、ほんとうに思ってるのか。くんと考える。これはにんじんと認めくちに入れるようなもの。ちいさいころよくよくいわれたことなのに、ずいぶん久しぶりの休符だった。ボレーばっかりのテニスのように、来たとたんに打ち返す。船に乗って、水かさの増した川をどんどん下るように話をしていた。

暑さのせいでも、だれかのせいでもない。ただなまけて、なまけすぎて、なまけていることにも気がつかなくなっていた。納戸のおくから大事な道具が出てきたような、あきれたありさまだった。びっくりした。

きょうは約束のない日、一週間ぶりの晴れま。どのベランダも、布団と洗濯ものがいっぱいかかっている。図書館の道で、女のひととすれちがう。通勤時間のビルもまぶしくて、そのひとは、そのまま空を見あげた。

つられて、高く深くなった青に、綿あめのはじまりのような雲がからまっている。

交差点をまがると助走をつけて、水たまりをまたぐ。

ねる

十五夜の月がでました。こんなきれいに、めずらしい。

声にしても、返事はいない。空は本番に弱いのか、七夕や十五夜は、雲を見あげた覚えのほうが多い。ことしは、よいお月さんなのに、うんともすんともよこさない。見るべきほどのなさけは、みな見つとでもいうかのように。

はなすことなら、いくらでもある。どうでもいい、だいじなきょう。だれにでも話したいわけではない。

昼にふとんをはたいていたら、いちめん鰯雲だった。

おいしそう。きれいというつもりで、声はそうなって、びっくりした。前夜、りっぱな鯵を食べていたというのに。青背の魚のおいしいころ。さんま、食べたいなあ。

ひとりごとが増えて、空ばかり見て、はちみつが舐めたくなる。さびしい、つまらないということ。

晴天まかせにふとんばかり干していたのだって、やつあたりのようなものだった。かつぐ、えいや、左肩にひっかける。ぱんぱんたたく。ひっくりかえす。またひっぱたく。無抵抗なふとんと闘って、東京にはドンキホーテがいる。ふとんは、たたいたり、ぶつかって、ひとり相撲の稽古をつけてくれた。

夕方とりこむときは、みぎ肩にしょった。そのままますこし寝るのがうれしい。くるまれると、仲なおりした気になる。夕暮れの昼寝は、学生いらい。あのころは、寝て起きると、ごはんができていた。いまは、寝て起きて、米をとがないと。くちをあけてなけりゃならない。ざくざく、あの音はよく響く。

友だちが実家から持ってきてくれた赤みそを、大さじでひとすくい、みりんとおさけをたらり、からしもすこし。牛乳の小鍋でとろ火にかける。ぷすぷすしてきたら、木のさじでかます。つやが出てとろりとなったら、柑橘をしぼる。きょうは、かぼすだった。

お燗をつけるあいだ、おっかなびっくり焼きなすの皮をむき、皿に小鍋のみそをたらり、ごまもふる。

正一合を湯のみについで、ああ、ゆっくりした。あまから味噌がからまったなすを、舌さきでかきまぜる。もっとおくの、べろと上あごでつぶす。

彼岸花はもう散った。虫もさかんに鳴いているというのに、首のうしろのこわばりをさする。町に出ると、まだ冷房病になる。そんなに暑いなら、一年じゅうアロハシャツで働いてよろしいです。背広で汗をかいているみなさんが気の毒だった。

ひとくちで元気になれちゃって、おさけは偉大だな。それから、ひとくちずつ残っていたおかずをみんな大皿にのせて、机にはこぶ。ちんまり食べていると、窓からソースの匂い。つられて、そうめんはよして、お好み焼きにした。

キャベツと紅しょうが、ちりめん、ねぎ。鰹ぶしはあるけど、青海苔はない。お好みにしてはさびしいけど、あとはソースがなんとかしてくれる。うすいピンクの殻を割れば、きいろい満月。フライパンのうえ、粉の月もまるく、おおきくふくらんでいく。

鍋と皿、箸、フライパンも洗ってから焼く。牛乳鍋に、昆布をいれて水をはる。牛乳が苦手なので、本来の役目は週にいちどもない。あとは、味噌汁、ひじきの煮もの、きんぴら、煮びたし。なんでも、飲みすけがむかいあってつつくのにちょうどいいかさで、牛乳鍋ではなく、肴鍋と改名したほうがいい。

実家に帰ると、鍋にしても、フライパンにしても、その大きさに腕が慣れない。冷蔵庫にいたっては、背たけを越えている。老夫婦のぶんなんだから、ちいさくしたら。いつものどから出そうでやめる。母の腕が覚えてなじんでいるひと鍋の単位は、いまも四人ぶんなのだから。

このごろ、到来ものに芋とかぼちゃが続いていて、かぼちゃなら、朝はスープ、昼はかきあげ、夜は煮ものか焼きびたし。頭よりおおきなかぼちゃが、まだふたつもある。好物だから飽きずに食べる。そろそろ顔がきいろくなるかもしれない。戦争のころ、そういう子どもがいたと父がいった。

おーてーらーのーおーしょうさんが、かーぼーちゃーのーたーねーを、まーきーまーしーた。

これ、知ってる。

知らん。

酔っぱらいは、むかいあい、手をとりあう。

せっせっせーの、よいよいよい。勝っても負けても、この儀式で、いっさいしきりなおしとなるんだよ。あなたの手のひらを打って、歌って。芽が出てふくらんで、花が咲いたら、じゃんけんぽん。勝っても負けても、いつまでもやっていたい。

このあいだ見た映画では、ノルウェーの男の子たちが、もっと複雑な組みあわせでぱちんぱちんとやっていた。拳を打ちあわせたり、胸もとどうしをぶつけあったり、ダンサー志望の子たちは、より複雑にして楽しんでいるみたいだった。

手をつないで輪にすると、不思議な磁力が発生する。ふたりではなく、かごめにかごめにしても、あぶくたった煮えたったのような大勢でも、まんなかにしゃがんで目をつぶれば、日常はずいぶん遠い。

いまも、あれはなんだったんだろうと思うのは、中学のころだった。

屋上にむかう階段の踊り場で、魔術をした。ないしょだからと呼ばれたのは、いちどきりだった。作法は忘れた。五人いた。教室から、椅子をひとつ運んで行った。ほこりっぽいセーラー服の、友だちの顔は、だれひとりわからない。

ひとりがすわり、三人がかこむ。指導する魔術師は、両手をあわせ、ひとさし指でピストルを作れという。その指を四人で、座っている椅子の四隅にひっかけ、せーのと声をだし、持ちあげ、びくともしない。当然じゃん。

そのあとなにをしたか、かんじんの魔術を忘れている。さいごに四人の手のひらを、すわっている子の頭上で触らないように重ねた。上下の手のひらの熱を感じたかと聞かれて、感じた。全員がいった。

さっきの、もういちどやるよ。四人で腰をかがめる。

……せーの。

椅子は、頭上高くもちあがり、乗っていた子が悲鳴をあげた。

あれは、いったいどうなっていたのかな。気功のようなものかしら。セーラー服の処女には、はかりしれない力があるものか。

ときどき思い出し、ひとに話すけれど、やったことのあるひとには会えない。教室をぬけ出して、屋上で寝てばかりいたから夢かもしれない。

おなじころ、はじめてデートした男の子は、手をつないでくるのに半年もかかった。汗かいてた。

アルプス一万尺、みかんの花が咲いている。せっせっせーの、よいよいよい。デート。みんなひとりではできない。みぎと左の指を組んで、裏がえしてみる。つなげた輪をのぞきこんでも、前かけした腹が見えるばかり。つまらなくなって首をかしげたら、夜の金木犀がしのびこんでいた。じぶんで歌って、夜のラジオ体操をした。

ふとんのうえで、クリームをすりこむ。ふと目について、寝床にころがっていた熊の腕をつかんで、ぶらぶらゆすった。これは、熊のくせにもうと鳴く。ぱっちりした目を見たら、いいとしをしてはずかしくなり、足もとに押しやった。

手のひらをこすりあわせたら、足の裏もこする。五十回ずつ。左手でみぎを、みぎ手で左足を。訓練したら、手と足でせっせっせができるかもしれないな。これは、太極拳の先生に教わった。足裏のつぼが刺激されて、いつもならすぐよく眠れる。

布団にもぐって、奥歯をゆるめる。顔、手、足、力をぬく。

世界に、大の字ほどの自由はない。それなのに、洗いたてにくるまれた万全の寝床で、ごろんごろん、ひざをたてたり、うつぶせになる。足もとの熊を、両足の指でとらえてひき寄せる。ついに立ちあがり、ラジオをつけてみて、違うと消した。いつも二曲めで寝てしまうCDも、かけたとたん違った。おさけもお茶も、三戸のおいしいりんごジュースもいらない。

部屋も台所もかたづいて、アイロンもぜんぶかけてしまった。小鍋の昆布は、明日を待っている。あみものも本も、きょうはやりすぎている。

しかたなく、ふとんにもどり、ごろんごろんとすればするほど、眼が冴える。窓が明るい。眠れないのも、満月のせいかしら。

……背をむけるけど、いやなわけじゃないからね。

とろんと月を見ていたら、あっちをむいた。声はすぐに、かわいらしい、やさしい寝息になった。落ちないようにぎゅっとかたまって、寝返りもうたないようにしていたのに、すぐ寝た。翌朝は、からだが痛くなってうれしかった。

いまも月は見ているけど、きょうはぜんぶ、ふくらみすぎている。

やむ

夕方なのかと思った。雨の火曜日、町がおとなしくていい。

きのうの晩、おおきい秋月は終わってしまった。十二もならべていたのに。うれしいありがたいと、まるい実を、高くかかげて刃をあてた。浅くざらついて、すべすべした皮をむくと、地下から吸いあげたしずくのつめたさ。重さ、しろさ。月を持てたら、こんなふうにうっとりする。そうして、欲はひとをはなれ、おもむくままに見はらす高い山の頂の雪、ほうぼうに道をつくる湧水をたどり、そのすべてを飲みほすようにむしゃぶりつく。ああ、こうだったと、息をつく。

ひとのからだのどこかには、水でも美酒でも満たされない甕がある。ふだんは気づかないまま暮していて、ひとくちで、渇いていたとわかる。ぴしり、ぴきん、干からびた甕は、獰猛に吸いこむ。たりなかったのは、あるときはありの実、またあるときはやわらかなだれか。おいしいと喜ばれると、育てたわけでもないのにうれしかった。

もっと暑いときには、近所の木綿のとうふと、一杯の白湯だった。わかめや芽かぶのときもあった。もうすこししたら、柿か、なんだろう。

東北の血がおどるのか、寒くなると張りきりたくなる。忙しくもないのに、目が覚めたとたん、気が急く。

パンをかじり、りんごジュースをのみながら、お昼はなにを食べようか。より目で思いつめている。そうして予定通りの昼を作りながら、晩はどうしよう、勝手に出ようか誘いを待とか。効率がいいように見えて、ただ急いでいる。ずっとすべて、うわのそらになっている。

頭と腹と手足と、全部つかいすぎてわからなくなる。ドラマーこそは、真の天才。さらに歌えるのだから、ドン・ヘンリーの脳みそというのは、さぞや密で重たい。

過剰に急いてきしみだすと、飲みすぎたり、食べすぎたり、眠れなくなったりでくたびれて、熱を出して、ようやくふりだしにもどれる。そのひとそろいも季節のようにめぐる。

動きたがるからだをおさえつけるのが、いつまでもへたでこまる。思っていることは、みんな顔に出てしまい、このごろ、ますますそうなった。それはこころが幼稚で、秋になれないということ。

熱をもった頭は、判断を誤る、考えは蛇行して、まちがっているほうへほうへと、かしいでいく。秒針ばかりがきこえて、いそいで、ころがって、とめられない。息つぎは、浅くへたになるばかり。

それが、けさの暗い雨降りで、天気のせいもあるんだろうなとふとおさまる。

十月一日に、真夏のかっこうでいる、そんなことしのこの世なのだから。

心配ごとは、ひとつかたづくうち、あたらしいのが十もできる。ましてことばは、ひとつ返すまえから、百も降ってきた。あたらしく茂る枝葉、あおくとがったとげ、蔓もからまる。風のはやさに振り落とされないよう、その木にしがみつけば、鼓動もはずみ、くたびれた。日ごとに、だんだんにという用心をしなくなっている。ひとのこころは、たしかに天気に左右される。晴れか雨か、こちらかあちらか、是か非か。

お手あげだなあ。

空に立って、背のびする、土にしゃがむ。傷ついているなら、傷つけているということ。うしろの正面は、つねに同時に存在している。蟻だって、ひとだって、かわらない。

ことしは長く暑かったから、みんな長く熱を吸った。甕はだまって、さぞかしひからびた。田畑の実りにも影響があるのだから、心身にも障ってあたりまえ。

きのう冬が立って、ようやくきいろい葉を見た。なんとなしのおさめどころをみつけたけれど、セーターを着ていればまだ汗をかく。

こんなことの手前のあたりをぐずぐず話して秋月をかじっていたら、ゲームになった。

いまから前むきなことだけ話すこと、お題はかえる。

……お友だちのオカモチさんが、ちいさなみどりのかえる君をくれたのは、三年まえの冬でした。オカモチさんはかえるが大好きで、世界のいろんなかえるを持っている。もらったのは日本のかえる。ピンポンのボールをきみどりいろのフェルトでくるんでいて、ちいさくて軽くてあったかかくてまるいくて、つまり、親切とおなじかたちをしていた。はじめてひとりで海外に行くから、無事に帰るようにとくれた。毎日ポケットに入れて歩いた。おかげで、無事に帰れました。

……よろしいな。

夜更かしをして、なつかしいかえる君と過ごした冬を話し終えて、よく眠れた。旅の夢は、見なかった。

気はこころ、病は気から。いままでずっと、ことばをこころに近づけようとばかりしていた。やめるときも、悲しみのときも、そのこころにいちばん近いことばに目をこらす。だれに誓ったわけではないけれど。あるじはこころ、ことばはいつも従者と、うたがわなかった。けれど、からだはかんたんに、ころりとゲームによろこんだ。ことばが、ひとをひっぱる。いままでは、そんな自己暗示までして世に臨むなんておそろしい。たまに元気があるときなら、まるの裸で立ちむかってこそ本望。いずれにしても、だめだあほだと尻をたたきつづけてきたのだから、からだによいはずもなかった。

きょうはいちにち、雨の火曜日。寝坊して体操をさぼったので、アイロンと掃除で汗をかいて、ベランダの鉢の植えかえをして、帳尻をあわせた。

きのうは降りそうで降らなかったので、セーターの陰干しびよりだった。洗って、しんみりかわいたところに、アイロンの蒸気をあてる。それをつるしておいた。

たたみながら、またうしろむき。ため息をつく。

……指きりしましょう。

しろい小指を見つめる。透明なパープル、手入れのいきとどいた爪はきらきらしていた。さいごにしたのはいつだったか、思いだせないまま、おそるおそる指をのばした。ささくれが、はずかしかった。

手をつなぐ、指をからめる、強く握る、あざができるほど。ひとりでできないいろいろの、どれも遠ざかっているけれど、指きりほどではなかった。

ゆーびきりげんまん、うーそついたら、針せんぼん、のーます。

毎朝していたのは、幼稚園の年少のときだった。きょうは、泣きませんと誓って破った。おととし、東北のお寺さんで地獄の絵を見たときに、飲んでない針は億ではたりないのだったと身がすくんだ。死んだら、地獄で飲まされる。

先週指きりしたのは、編みもの教室なので、ここには千も万も針がある。長くさぼっているカーディガンを、つぎのお教室までしあげます。ちいさな声で、いってしまった。

糸が細いこと。三本を一本にして編む。にがてな編みこみ模様があること。とちゅうで、針の太さもかえる。

いちどにやることが多すぎて、あとまわしにしてきた。身のほどしらずだったなあ、もっとかんたんなものにすればよかったなあ。くよくよ手にとっても、ちっとも楽しくない。

あたらしい宿題も、つぎつぎ出る。器用な同級生のみなさんは、つぎつぎしあげていくので、うらやましい。

干支も四回めぐるというのに、幼稚園のお絵かきやお弁当の時間と、なんにもかわらない。

さすがに、泣きじゃくったいきおいで喘息を起こしたりはしないけれど、ふくれっつらを息を吸って吐いてなだめて、また手を動かす。遅れて、あわてて、からまる糸に癇癪をおこして、なさけない。好きこそものの上手にはほどとおいけれど、やめたくなくて通っている。

……負けずぎらいだよね。

このあいだいわれてしおれたけれど、図星だった。負けてばかりの負けず嫌いというのは、成立するのかな。けれど身のまわりは、そんなことばかりが残った。

続けていることの少なさにくらべて、手ばなしたものの多さといったらあきれる。

幼稚園でバレエ、小学校はお習字お絵かき、中学でピアノ、高校はやめるものがないほど無為にすごした。

大学を出てらっぱをやめて、三十五あたりでとうとう会社もやめた。会社をやめたら弁当を作らなくなって、年賀状も出さない。病気をしてプールをやめて、フラダンスは冬のはだしがつらくてやめた。ことしはお花の教室が解散した。飲まない日が増えて、弱くなった。

年をとるほど、やめるたびにさわがしい。古い手帳の住所録の、会わなくしたひとたち。そのまま会えなくしたひとたち。泣いたり怒ったり、小石を蹴飛ばしてやつあたりしてぶつかって、あざだらけになっていたころは長かった。

それでもまだあるかな。まばらの部屋をみわたす。

やめると、はればれ楽になるかな。ふらりと誘われそうになる。

さけ、いろ、うま。きっぱり切れるなら、かっこいいな。

照れて笑うと、誘いがくる。待ってるなと思ってるんだろうなと思う。それで、きょうはまだやめない。

強いひとと飲めば、それなりでいるのに、弱いひとと飲んでいると、すぐ酔っぱらう。おさけの流れののぼりくだりは、よくわからなくておもしろい。若くてかわいらしいひとと飲むほど、ぺろんとやられる。あなたまかせにまわるものかもしれない。

バザーに出し尽くした。ひとにもあげ尽くした。それでもまだ、更衣のたびに、もう着ないなという服があるのだから、去年とことしのこころなど、まるで別人と思う。

会いたいひとに会えて、穴があいてもまだ着たいセーターがあって、よい音楽は無尽蔵。いまは、きのうの秋月で、おなかもいっぱいのまま。

指きりの約束を守れたら、師走がくる。

ことしと来年なら、まるでちがうひとになっている。

きく

使いかけの毛糸を、まるめる。

赤、むらさき、黒、こげ茶、みどり。極極太から極細まで、糸の太さでわける。長年とちゅうのままの膝かけにちょうどいいものだけよけて、あとはビニール袋につめて、あき箱にしまった。机のうえに、一メートルに満たないものが、にょろにょろと残った。宿題山積で年を越すというのに、よそ見したくなる。

先生、申し訳ありません。ぜんぶつなげて、かぎ針で円をひとつを編んだ。

料理でも、おなじことをする。ちょっと残る。意識して残しているときもあって、冷蔵庫から出てくると、野菜と知恵くらべをしたくなる。にんじん一本、どう使いきろうというより、五センチの切れはしをどうしようかと考えるほうが、みみちっくてたのしい。それで、冷蔵庫には切れはしを集めた福袋がひとつある。たいていしなびかけているので、指を切ったりするから、福か禍か、ともかくいずれもしみったれている。

ふとんが干せて、納豆めしが毎日食べられて、ビールも飲んだ。腕はしびれ、貧乏と病気三昧、遅刻にあやまりどおしだったけど、編みものも続けられた。針せんぼんのまずに、年が越せる。

大掃除はあきらめることをあきらめ、おじいさんおばあさんの写真のほこりをはらい、花だけかえておく。黄とむらさきの小菊は、おばあさんの湯のみの絵だった。千両があかるい。

師走はことに声が増えて、耳は東西南北にひっぱられて、なんにもしないで日が暮れる。それこそ生きている世のありがたさとわかっていても、日没閉門ともいかず、むしろ門は暮れてようやく開く。夢のほうは、夜になっても開く気配はない。逃げ場は狭くなるばかり。声のおおきいひとは得だな。ひがんでため息をつくと、その音に慣れていた。よくない。くたびれて寝るのを待つあいだ、寺町を歩く。

そういえば、団子坂から根岸、稲荷町あたりの景色では、いつも厚着で、しろい息を吐いている。

死んだひとはありがたい。いつも黙っていてくれる。死んだひとさえいてくれれば、なんとかなれる。納骨のとき、おばあさんの骨はぼろぼろの粉になって、指紋をしろく染めた。吹き飛んで、北風にもまざった。死ぬってすごいなあと、見事なことだなあといったら叱られた。

うぐいす横丁は、辻つじ角かどラブホテル、迷子になりながら子規庵にたどりつく。ひさしぶりの病床六尺の、畳のちいささ。かこまれたホテルのすきまから差しこむ光の色を見て、ちんと座って帰ってきた。

……いくつになっても、死ぬのはこわいもんだった。いつ死んでもいいと思ってても、いざとなるとやっぱりこわいもんだった。

母は調子を悪くして、ひとつ悪くなるとつぎつぎにへこたれて、毎日電話でこんなことをいう。毎日きいているうちに討ち入りの日となり、吉良様に申し訳なくなった。

忠臣蔵を見るたびに、炭小屋にかくれている吉良様に悪態をついていた。ざまあみろ、年寄りなのに、みっともない。往生際が悪いことだ。

そう思わせようと思って描かれていたのではなく、それがひとの当然のありさまなのに、赤穂義士の威を借りて悪態をついた。こういう卑怯な目は、はずかしい、おそろしい。そして、むかしの書き手は、よくよく人間を見ている。

いざとなれば、みんなみっともない。そうして、恥ずかしいとふりかえる間もなく、あちらにいってしまうんだ。ふんぞりかえっていた腰がへし折られてよかった。

討ち入り太鼓と鬨の声から、しゃんしゃん鈴鳴るクリスマス。町の音も古今東西、けれど、この冬のあたたかさで、どれもほんとに師走かなあと首をかしげる。暦は、夢のなかのようにたよりない。

近くの店では天豆が出て、それももう種子島から鹿児島のものに変わっている。ニュースで、梅が咲いた、れんぎょうが咲いた、うぐいすが鳴いたといってましたと若大将がいう。びっくりしたのは、道に蝉がいた。ずいぶん遅れてしまって、羽もちいさい。触ると動くので、このへんでいちばんおおきな桜に連れていった。幹につかまらせると落ちるので、根もとにのせてきた。

……いちょう、やっと正月を迎えたっていうのにねえ。

となりでお燗を飲んでいたおじさんがいう。たしかに大通りの並木は、先週が見ごろだった。なんでも、盛りを正月とするのは、おめでたい。桜は四月、あじさいは六月、ひまわりは八月が正月。ひとなら、誕生日が元旦。あのせみは、この一週間が、生涯いちどの正月だった。

こんなふうに、毎晩、声やため息、眉の開閉、もっとちいさな目くばせ、肩の傾斜、腕の組んず解れつ、からだのあちこちをだれかなにかにさらしている。

おそらく、こころというのはひとつところにあるのではなく、いちどにほうぼうで触覚をのばしている。野球なら、千のノックをいちどに受け、千球同時につかんでいる。

くたびれて当然、生きているだけでたいしたもんだと思ったとき、いちばん近い音を聞いていなかった。鼓動も呼吸も、いつもは耳に指をつっこむと聞こえる血流もまばたきもはなれてしまっていた。こわくなって、口笛を吹いた。夜道、蛇が出てくれればむしろありがたかった。まだまだ死ぬのはこわい。

……じんぐるべーる、じんぐるべーる、雪がきたー。

路地で、おばあさんがうしろ手に組んで歌っていた。

あのおばあさんは、おとといしまでお好み焼きやのおばあさんだった。息子さんが亡くなって、もうこの路地はまっ暗になったけど、破れた赤ちょうちんを眺めて過ぎたときの煙のにおい。でっかいうるさい換気扇。それがだんだんうしろに遠ざかって、またしんとなる。のびた影ぼうしは、夜ほど濃い。

記憶は、耳をこらしてたどっている。むかしの話をきくとき、ひとは身をかため、一点見すえるか、ぎゅうと目をつぶる。

見るものは、いまを過去までつれていく。聞くものは、過去をいまにつれてくる。きき方もしだいに変わって、声やことばより、ひと粒の音のあいだの沈黙のほうが冴えてくる。その長さや多弁には相性があるので、音楽の好みはずいぶんかわった。それが年のせいか、なんでもありの世のおかげかはわからない。

いろんな音がとぐろを巻くほど、見えない蔓は、意味のないほうへ、順番どおりじゃないほうへとのびていく。へそは、どこまでまがっていくのか、あきれる。

出くわした猫の三角の耳がぴんとたって、ぱたぱたまたたく。

なに聞いている。声をかけると、返事もせず、ビルのすきまにむりむり身をねじこませた。

そこに蛇がいるのか。

おどる

ずっと、眠っていても泣いていてもつづく。信号の点滅にあわてても、かがんでごみ袋をゆわえていても、うどんの湯気にはなたれになっても、とめられない。死ぬまで脱げないさだめは、みんなおなじ。

あかいべべ着た　かわいい金魚
おめめをさませば　ごちそうするぞ

ふくれっつらで棒読みで、歌ってのしのし踊る。あかいタイツ、しろいタイツ。みんな毛玉がついていて、親指とかかとはつくろってあった。つかまえられて、ひざにのせられ、おおきな爪切りでばちんばちんとやられるのがきらいだった。歌って踊ればみんながよろこんだけど、笑われるのは不愉快だった。

みぎ腕と左腕、胸もとでばってんさせて、ひざを二回折りながら首をかたむける。金魚は寝ているので、手のひらをあわせて頰によせ、目をつむる。目をあけたら、両腕をひらひらと動かしながら一周まわる。

金魚を見たことはなかった。べべはなんなのかも、知らない。知らないまんまひらひらしているところだけ、ほんものの金魚とおなじだった。

半世紀ぶりの、ひと踊り。雪国の柱の湿り気。きらいな牛乳をのんだあと、ひげの匂い。テレビに布をかぶせてあった。うすぐらい食卓、卵のおじやの、ほのぼのとした光。玄関わきのやつでの、しろい球。金魚になってまわるうち、山形の家をぐるりと見まわしていた。

この踊りを教えてくれたのは、母のいとこのえみこ姉ちゃんで、お嫁入り前のすこしのあいだ、いっしょに住んでいたという。母とは姉妹同然に育ち、顔もよく似ていた。のちに生物の時間、えんどう豆の遺伝を習ったとき、黒板にふたりのまるい顔をならべていた。

それで、記憶のなかのふたりは、しばしば混ざっている。確かめると、やさしいのはたいていえみこ姉ちゃんで、怒っているのはお母さん。えみこ姉ちゃんは、そんな話もしないうちに、亡くなってしまった。

あかいとり　ことり
なぜなぜ　あかい
あかい実を　たべた

こんどは、幼稚園の庭、みんなで踊った。両腕は翼に、かかとを交互に地面にあてる。胸もとでばってんをつくったあとに、手のひらを星にしてきらきら動かしながら腕をまわした。絵本で鳥を知っていた。幼稚園には、ぐみや南天、桜もあかい実をつけていた。

夏休みは盆踊りもあったし、小学校の運動会では、花笠音頭やオクラホマミキサーやマイムマイム。体育の授業では、みんなで火山の噴火になって飛びあがった。

つぎはピンクレディーごっこしよう。ねえねえ、へんてこな遊び、考えたけど。公園では、お姉さんたちが、手をひっぱってくれた。おゆうぎも盆踊りも、みんなと持ちよる楽しみだった。ずっとひとなかで、だれかに誘われ踊っていた。

教わって、見よう見まねで、習うより慣れてしまえで。まちがえてへまして、がっかりして、照れかくしですきっ歯を見せて笑う。覚えられなくて腹をたてたり、じょうずなひとを妬んだり、べそをかいたりしたので、とまらずできたらうれしい。

やっとできた。

ほっとして、ぴんと張った甲を見ると、あおい血管がしゃくとり虫のようにうごめいている。まつ毛は勝手に抜けて、目にささる。涙が浮かぶ。肩のこり、ほてる額。まぶたは、みぎだけひくひくして、左の足裏だけつめたい。顕微鏡なら、もっと見える。ひそやかな音楽にのって、いうことをきく気もなく、皮膚ははがれ、爪や髪はのびていく。

全身は、無意識無自覚、だれにも悟られずにおどっている。一本の木なら、芽吹きから落葉まで、一年じゅう鳥や蜘蛛やきのこや知らない菌が住めるようになっている。ひとだって、うちのきじ虎がおおきなサナダムシを吐きだしたように、きっといろんなものを飼っている。

鏡にうつせば、行き届く視界のせまさ、意のままに動かせる骨すじのすくなさばかり数える。うしろの正面でおずおずと、はじめまして。半世紀いっしょでも、そんなほくろがある。そのうえ頭はあほうで、玄関から出てしまえば、ままならぬ舞踏じたい忘れて、心身を支配しているようにふるまう。目ざめた金魚、くちをぱくぱく。右往左往ひらひらするうち、教えてくれたひととはぐれてしまった。

おどろうとしないままでおどるうち、からだはいのちを持っていたと思い出していく。ほうぼうの鳴らす音は、ありかのないこころをうつす。怒って、やつあたり、不安がつのれば、呼吸がはやまり空気をためこむ。ぷう。ちいさな穴からあぶくを吹く。

ひとりでおどる。だれかとおどる。みんなとも輪になった。一糸乱れぬ群舞ほど、ひとりひとりが見えていた。

ちどり足、鍋に塩をひとつまみ、ふとんにもぐって、股のあいだに湯たんぽをはさむのに、手は使わない。水を浴びれば、鎖骨のくぼみに池ができて、ちいさな金魚はしずくとこぼれる。首すじは、みぎだけがくすぐったい。足の水かきが退化しなかったわけは、くすぐったくて気もちいいから。肌は、よくてもいやでも、あわだつ。氷塊を削る音、黒板をひっかく。いつかなにかに、悲鳴をあげたり、うっとりしたりいそがしい。

くちびるとべろ、あっかんべえの結膜。どこもかしこも、おもしろい。また会えたら、つぎはなにして遊ぼうか。たのしくてあったかいこと、息きれぎれで腰の抜けるようなこと、教えたり、教わったり、よろこぶ。ひとりでは知れないことを、からだとからだで相談しながら、ことばをかなぐり捨てながら、生きるあかしをひろって束ねて、抱えて浴びる。

ラジオ体操をしていると、いまが第一なのか第二か、わからなくなっていた。どこまで動かしたかなあ。それでもからだはピアノにあわせ、頭を置いてどんどん動き、今日も一日お元気で。ちゃんとと終わってしまった。

寝ぼけているときもある、書きかけの字が気がかりのときもある。ふしぎなのは、そういう日のほうが機嫌がいい。からだが先に意識は抜けていく。無我の境地とはこんなちっぽけなものなのかはわからない。それ、いちにのさん。心身どこかの池に飛びこんでいた。

知らないうちに時間がたっていることもよくあって、そういうときは宇宙人にさらわれているらしい。そのさなかは、時間がとめられて、みんなもぴたっと停止しているから、だれも気がつけない。けれど、ここに、飲み終えたコーヒーカップがふたつ。

椅子の脚カバー、ごぼう一本ぶんの拍子切り。きょうの三枚ぶんの文字。うちに鶴女房がいないけれど、できている。毎日そうだとありがたい。

ことしは、南南東。恵方巻きを食べるまえに、そんな話をした。ラジオを消してだまってかじりついた。静かな部屋で、五臓六腑とおんなの勘がせっせと働いていた。

整えたり、乱れたり、こころここにあらずの太平楽をならべて目をこらす。

だるまさん、ころんだ。からだがねじれて、こころはとまる。無心で踊っているときは、抱きあいくるくるまわっていたのに、そっぽをむく。それは、なにかを隠しているからに違いないので、盗み見を集めていく。

明日の待ちあわせどうしようか。短い文字に、えくぼがへこむ。約束を変更してください。眉のあいだはこわばってつめたい。珉珉の餃子、たのしみだね。腹がなにか訴える。

ひとことから、きょうがはじまり、握りかたをまちがえたまま、ペンを持つ。声より字が増えていくと、つめたい頬よりいつかの写真をさすって、いまをいちばんおぼろげにする。目がかすむほど、できれば黙っていたい日が増える。

どこから来て、どこへ行くのか。ことばの仕事は、旅。

だれにも変わってもらえないきょうを、くろい靴でおどった。若くなくきれいでなく、かたまったりねじくれたりふくれたりたるんだりは百も承知で、きしみをなだめすかして、だれにも頼まれずにおどる。へたなくせに、やめない。いびつなまま浮かぶにまかせて、いじわるなことだまたちに笑われながら、ぐにゃぐにゃ消してはならべる。なめる、すいつく、くわえる、のぼる、おちる、ほうける、ねむる。うしなう、こう、なく、あばれる、あきらめる、なく、ねる、たつ。たべる、かく。おどりは、すべての動詞と等しくなっていく。

かるくひざを折るのは、プリエ。より深く沈ませて、グラン・プリエ。頭上から透明な糸が垂れてくる。息が集まってくる。

けさは、冷えてかじかんでまとまらず、日の出の方角さえさだまらなかった。そうして、ラジオ体操の時間はすぎてしまった。

からだをはなれ、井戸の底で眠っていたことばをくみあげる。一行が、一枚になる。毎日くんでも、だれにも教えきれない。そうあきらめたとき、いちばん読ませたかったのはこころと気づいた。しゃがんで石をひっくりかえして、いろんな虫があらわれたときのような、答えとの対面だった。これはちがう、これはどうか、もっとぴったりなものがある、かならず。知らない宛先を握りしめたまま、じたばたさがしまわっていた。

こころとからだは、一日休めばへたになる。続けるうちに、ひとつにまるまって、草の原をころがるかもしれない。どんな木があるか、天気はいいか、見てみたいからやめずにいる。

横断歩道でとまったら、運転席と目があった。みぎ手におむすびを持っていた。

どうぞ。左手で、むこうの信号へとうながされる。

ありがとう。すこし駆けて、渡っておどる。

写真　石井孝典
装丁　仁木順平

著者略歴

石田千（いしだ・せん）

一九六八年福島県生まれ、東京育ち。

國學院大學文学部文学科卒。

「大踏切書店のこと」で二〇〇一年第一回古本小説大賞受賞（のちに『あめりかむら』所収）。

エッセイに『踏切趣味』『平日』『店じまい』『役たたず、』『みなも』『きつねの遠足』『夜明けのラジオ』『もじ笑う』『唄めぐり』など、小説に『あめりかむら』『きなりの雲』『バスを待って』『家へ』がある。

からだとはなす、ことばとおどる

二〇一六年三月一日印刷
二〇一六年三月二〇日発行

著者 © 石田千
発行者 及川直志
印刷所 株式会社精興社
発行所 株式会社白水社

東京都千代田区神田小川町三の二四
電話 営業部 〇三(三二九一)七八一一
　　 編集部 〇三(三二九一)七八二一
振替 〇〇一九〇-五-三三二二八
郵便番号 一〇一-〇〇五二
http://www.hakusuisha.co.jp

乱丁・落丁本は、送料小社負担にてお取り替えいたします。

株式会社松岳社

ISBN978-4-560-08493-9

Printed in Japan

店じまい

石田　千

手芸屋、文房具店、銭湯、自転車屋……あなたの町にもきっとあった、あの店この店。日常のふとした瞬間に顔を出す懐かしい記憶の断片を、瑞々しい感性と言葉でたどる。